KB106707

아무도 대령에게 편지하지 않다

El coronel no tiene quien le escriba

EL CORONEL NO TIENE QUIEN LE ESCRIBA
by Gabriel García Márquez

세계문학전집 358

아무도 대령에게 편지하지 않다

El coronel no tiene quien le escriba

가브리엘 가르시아 마르케스

송병선 옮김

민음사

차례

대령은 커피 통 뚜껑을 열고 커피가 한 숟가락밖에 남지 않은 사실을 확인했다. 그는 화덕에서 커피포트를 들어 물의 절반을 흙바닥에 쏟아 버리고 녹과 뒤섞인 커피 가루의 마지막 찌꺼기가 떨어질 때까지 나이프로 통 안을 긁었다.

　그는 자신만만하고 순진한 기대감에 부풀어 화덕 옆에 앉아 커피가 끓기를 기다렸다. 그러는 동안 창자 속에서 버섯과 역한 나리꽃이 피어나는 느낌을 받았다. 10월이었다. 그날과 같은 수많은 아침으로부터 살아남은 대령 같은 사람도 피해 가기 힘든 아침이었다. 마지막 내전이 끝난 이후 오십육 년 동안 대령은 기다리는 일 이외에는 아무것도 하지 않았다. 대령에게 도착하는 몇 안 되는 것들 중 하나가 10월이었다.

　커피를 들고 침실로 오는 남편을 본 아내는 모기장을 들었다. 간밤에 천식 발작을 겪었고, 지금은 몽롱한 상태였다. 하지만 침대에서 몸을 일으켜 커피 잔을 받았다.

"당신은."

"난 이미 마셨소." 대령은 거짓말을 했다. "아직 큰 숟가락으로 하나 정도는 남았소."

그 순간 조종이 울리기 시작했다. 대령은 장례식이 있다는 사실을 잊고 있었다. 아내가 커피를 마시는 동안에 그는 그물 침대 한쪽 끝을 내려서 방문 뒤에 있는 반대쪽 끝으로 돌돌 말았다. 아내는 죽은 사람을 생각했다.

"1922년에 태어났어요." 아내가 말했다. "정확하게 우리 아들보다 한 달 늦죠. 4월 7일이었어요."

그녀는 힘들게 숨을 들이쉬고 내뱉는 사이사이 계속해서 커피를 홀짝였다. 아내는 굽고 딱딱한 등뼈 위에 얹힌 보잘것 없는 하얀 연골에 불과했다. 호흡 곤란 때문에 의문문을 긍정 문으로 말하는 수밖에 없었다.

커피를 다 마시고도 아내는 계속 죽은 사람을 생각하고 있었다.

"10월에 묻히는 건 끔찍한 일이 틀림없어요." 아내가 말했다. 대령은 그 말에 귀를 기울이지 않았다. 그는 창문을 열었다. 10월은 이미 안마당에 자리 잡고 있었다. 진한 초록색을 띠며 꽃봉오리를 벌리는 식물들과 진흙 속 벌레들이 만든 조그만 흙무덤을 바라보며 다시 한 번 창자에서 음산한 10월을 느꼈다.

"뼛속까지 축축이 젖었소." 대령이 말했다.

"겨울이잖아요." 아내가 대답했다. "비가 내리기 시작했을 때부터 당신에게 양말을 신고 자라고 말했어요."

"벌써 일주일 전부터 양말을 신고 자오."

가랑비가 한시도 쉬지 않고 느릿느릿 내렸다. 대령은 양털 담요를 뒤집어쓰고 다시 그물 침대로 들어가고 싶었을 것이다. 하지만 줄기차게 울려 대는 깨진 청동 종소리에 장례식을 떠올렸다. "10월이군." 그는 이렇게 중얼거리면서 방 한가운데로 갔다. 그때야 비로소 침대 다리에 매어 놓은 수탉이 기억났다. 투계였다.

대령은 커피 잔을 부엌에 갖다 놓고 거실로 가서 세공된 나무틀 안에 든 괘종시계의 태엽을 감았다. 천식 환자가 숨을 쉬기에는 지나치게 좁은 침실과 달리 거실은 널찍했고, 테이블보 위에 석고 고양이가 올라앉은 조그만 탁자 주변으로 직물 시트를 씌운 흔들의자 네 개가 놓여 있었다. 괘종시계가 걸린 벽의 맞은편에는 망사 옷을 입은 여인이 장미꽃으로 가득한 배 안에서 미소년들에게 둘러싸여 있는 그림이 걸렸다.

괘종시계의 태엽을 감는 일을 끝냈을 때는 7시 20분이었다. 대령은 수탉을 부엌으로 데려가 화덕 받침대에 묶고는 깡통의 물을 갈아 주고, 옥수수 알 한 줌을 깡통 옆에 놓았다. 울타리의 개구멍을 통해 아이들 한 무리가 들어왔다. 아이들은 수탉 주위에 앉아 말없이 지켜보았다.

"그 짐승은 이제 그만 봐." 대령이 말했다. "그렇게 오래 쳐다보면 닳아."

아이들은 꼼짝도 하지 않았다. 한 아이가 하모니카로 유행가를 연주했다. "오늘은 불지 마." 대령이 말했다. "마을에 죽은 사람이 있거든." 아이가 악기를 바지 주머니에 넣자 대령은 장례식에 참석하기 위해 옷을 갈아입으러 방으로 갔다.

아내의 천식 때문에 흰옷은 다림질이 되어 있지 않았다. 대령은 검은 모직 옷을 입기로 마음먹었다. 결혼 이후 특별한 경우에만 입던 옷이다. 좀이 슬지 않도록 나프탈렌 알약을 넣어 신문지에 둘둘 말아 보관해 둔 옷을 여행 가방 바닥에서 찾기란 쉬운 일이 아니었다. 아내는 침대에 드러누워 계속 죽은 사람을 생각했다.

"이미 아구스틴을 만났을 거예요." 아내가 말했다. "그 아이가 죽고 나서 우리가 어떤 상황에 있는지 말하지 않았을지도 몰라요."

"지금쯤이면 둘은 수탉에 대해 이런저런 이야기를 하고 있을 거요." 대령이 말했다.

대령은 여행 가방에서 오래된 커다란 우산 하나를 보았다. 대령의 정당 기금을 모으기 위한 정치 복권 추첨에서 아내가 받은 것이었다. 그날 밤 그들은 비가 내리는 데도 중단되지 않은 야외 공연에 참석했다. 대령과 아내, 그리고 당시 여덟 살이었던 아들 아구스틴은 그 우산을 쓰고 앉아서 끝까지 공연을 지켜보았다. 이제 아구스틴은 죽었고, 반짝이던 새틴 우산은 좀이 슬고 망가졌다.

"곡마단 광대들이 쓰는 것 같던 우리 우산이 어떻게 되었는지 봐요." 대령은 옛날에 쓰던 단어로 말했다. 가느다란 철제 살로 만들어진 신비로운 장치를 머리 위로 펼쳤다. "이제는 별을 세는 데나 소용이 있겠소."

대령은 빙긋 웃었다. 하지만 아내는 우산을 쳐다보려는 수고를 하지 않았다. "모든 게 그런 상태예요." 아내는 중얼거렸다. "우리는 산 채로 썩어 가고 있어요." 그러고서 눈을 감고 더욱 골똘히 죽은 사람을 생각했다.

오래전부터 거울이 없었기 때문에 대령은 손으로 더듬어 면도를 하고 조용히 옷을 입었다. 바지의 다리 부분이 타이츠처럼 꼭 끼고, 밑단은 풀매듭을 지어 놓았으며, 콩팥 높이에다 똑같은 모직으로 만든 두 개의 멜빵끈을 두 개의 박음질한 황금빛 버클에 끼워 바지가 허리에서 흘러 내리지 않게 했다. 허리띠는 하지 않았다. 낡은 판지 색깔을 띤 빳빳한 셔츠는 구리 단추로 목 부분을 잠그게 되어 있었는데, 단추가 동시에 탈부착 칼라를 고정하는 역할을 했다. 그러나 탈부착 칼라가 망가져 넥타이를 매겠다는 생각은 버렸다.

대령은 모든 것이 일생일대의 중요한 행동이라도 되듯 움직였다. 목 가죽처럼 희끄무레한 반점으로 얼룩진 팽팽하고 반투명한 피부가 손뼈를 뒤덮고 있었다. 에나멜가죽 구두를 신기 전에 이음매에 박힌 흙을 긁어냈다. 그 순간 아내는 마치 결혼식 날처럼 차려입은 대령을 보았다. 아내는 그제서야 남편이 얼마나 늙었는지 알아챘다.

"중요한 행사에 가는 것 같네요." 아내가 말했다.

"이 장례식은 중요한 행사지." 대령이 대답했다. "오랜만에 보는 자연사 아니오."

9시가 지나자 날씨가 갰다. 대령이 나가려는데 아내가 윗도리 소매를 잡았다.

"머리 빗어요." 아내가 말했다.

대령은 쇠뿔로 만든 빗으로 강철 색깔의 뻣뻣한 머리카락을 굴복시키려고 했다. 그러나 아무 소용도 없었다.

"내 모양이 영락없이 앵무새겠소." 대령이 말했다.

아내는 꼼꼼히 살펴보았다. 그러고는 아니라고 생각했다. 앵무새처럼 보이지 않았다. 대령은 암나사와 수나사로 관절을 연결한 듯이 단단한 골격을 지닌 깡마른 사람이었다. 눈에 생기가 있으니 포르말린으로 보존한 사람처럼 보이지는 않았다.

"그 정도면 됐어요." 아내는 승인했고, 남편이 방을 나가려고 하자 이렇게 덧붙였다.

"혹시 우리가 이 집에서 뜨거운 물을 퍼붓지는 않았는지 의사에게 물어봐요."

그들은 마을 끝에 있는 집에서 살았다. 지붕에 종려나무 잎사귀를 얹었고, 벽은 회반죽이 떨어져 나갔다. 우중충한 날씨가 계속되었지만 비는 내리지 않았다. 대령은 집들이 다닥다닥 붙은 골목길을 따라 광장으로 내려갔다. 마을 큰길로 들어서자 온몸에 전율을 느꼈다. 눈길이 닿는 데까지 마을이 온통 꽃으로 덮여 있었다. 검은 상복을 입은 여자들이 대문 앞에 앉아 장례 행렬을 기다렸다.

광장에는 다시 이슬비가 내리기 시작했다. 당구장 주인이 가게 입구에서 대령을 보고 두 팔을 활짝 벌리며 소리쳤다.

"대령님, 기다리세요. 내가 우산을 빌려 드릴게요."

대령은 고개를 돌리지 않고 대답했다.

"고마워요. 하지만 이대로 괜찮아요."

아직 장례 행렬은 출발하지 않았다. 흰옷을 입고 검은 넥타이를 맨 남자들이 대문 앞에서 우산을 들고 대화를 나누고 있었다. 그들 중 한 사람이 광장의 물웅덩이를 껑충 뛰어넘는 대령을 보았다.

"이봐요, 이리 들어와요." 그가 소리쳤다.

그는 우산 아래로 대령이 들어설 공간을 만들었다.

"고마워요, 콤파드레[1]." 대령이 말했다.

하지만 초대를 수락하지는 않았다. 대령은 죽은 사람의 어머니에게 조의를 표하기 위해 곧장 집 안으로 들어갔다. 가장 먼저 느낀 것은 서로 다른 수많은 꽃들의 향내였다. 그때 더위가 시작되었다. 대령은 침실을 가득 메운 사람들 사이로 길을 뚫고 나아가려고 했다. 그런데 누군가 등에 손을 올리더니 어찌할 바 모르는 사람들 사이로 대령을 밀어 죽은 사람의 깊고 활짝 열린 콧구멍이 있는 곳에 이르게 했다.

거기에는 어머니가 종려나무 잎사귀를 엮어 만든 부채로 관에서 모기를 쫓고 있었다. 검은 상복을 입은 다른 여자들은 흘러가는 강물을 보는 듯한 표정으로 시신을 바라보았다. 갑자기 방 안에서 목소리가 들려왔다. 대령은 한 여자를 옆으로 밀치고는 죽은 사람 어머니의 옆모습을 보고 어깨에 손을 올렸다. 그리고 이를 악물며 말했다.

"삼가 조의를 표합니다."

---

1) 아이의 아버지와 대부의 관계를 일컫는 말이다. 스페인과 라틴 아메리카에서 아이가 세례를 받는 과정에서 형성되는 중요한 관계이며 매우 친한 사이다. 친한 친구를 부를 때도 흔히 쓴다.

어머니는 고개를 돌리지 않았다. 그러더니 입을 열고 울부짖는 소리를 냈다. 대령은 소스라치게 놀랐다. 사방에 울리도록 고함을 지르며 갑자기 밀어닥쳐 뒤죽박죽 북적대는 사람들 때문에 시신 쪽으로 밀리는 느낌이었다. 몸을 지탱할 만한 것을 손으로 더듬었지만 벽을 찾을 수 없었다. 그곳에는 다른 몸뚱이들이 있었다. 누군가가 귓가에 천천히 아주 부드러운 목소리로 말했다. "조심하십시오, 대령님." 그는 고개를 돌렸고, 죽은 사람을 보았다. 대령은 누구인지 알아보지 못했다. 그는 단단한 몸에 기운이 넘쳤으며, 손에 코넷을 들고 흰옷을 입은 채 대령처럼 어리둥절해 있었기 때문이다. 고함 소리 너머로 숨 쉴 공기를 찾아 고개를 들었을 때 대령은 뚜껑을 덮은 상자가 힘들게 꽃 비탈길을 지나 문으로 향하는 것을 보았다. 꽃들이 벽에 부딪혀 부서졌다. 대령은 땀을 흘렸다. 관절 마디마디가 아파 왔다. 잠시 후 그는 자신이 거리에 있다는 사실을 알았다. 이슬비가 눈꺼풀을 때렸다. 그때 누군가가 팔을 잡고 말했다.

　"서두르도록 해요, 콤파드레. 기다리고 있었다오."

　그는 사바스 씨, 그러니까 죽은 아들의 대부였다. 정치 박해에서 도망친 대령의 유일한 정당 지도자로 계속 마을에 살고 있었다. "고맙소, 콤파드레." 대령은 이렇게 말하고서 우산을 쓰고 조용히 걸었다. 악단이 장송곡을 연주하기 시작했다. 대령은 금관 악기가 없다는 사실을 알아채고서 처음으로 죽은 사람이 정말로 죽었다고 확신했다.

　"가엾은 사람." 대령이 중얼거렸다.

사바스 씨는 목청을 가다듬었다. 왼손으로 우산을 들었는데 대령보다 키가 작아서 우산 손잡이가 거의 머리에 와 있었다. 장례 행렬이 광장을 벗어나자 두 사람은 대화를 나누기 시작했다. 사바스 씨는 대령을 향해 수심에 잠긴 얼굴을 돌리고서 말했다.

"콤파드레, 수탉은 잘 있나요?"

"아직 거기 있지요."

그 순간 외치는 소리가 들렸다.

"저 죽은 사람을 데리고 어디로 가는가?"

대령은 눈을 들었다. 연설하려는 자세로 막사 발코니에 서 있는 읍장이 있었다. 속바지에 러닝셔츠를 입고, 면도를 하지 않은 뺨은 부어 있었다. 악사들이 장송곡 연주를 멈추었다. 잠시 후 대령은 읍장과 큰 소리로 대화하는 앙헬 신부의 목소리를 알아들었다. 우산 위에 톡톡 떨어지는 빗물 사이로 그들의 대화가 들려왔다.

"그래서 어쨌다는 거지요?" 사바스 씨가 물었다.

"아무것도 아니에요." 대령이 대답했다. "장례 행렬이 경찰 막사 앞을 지날 수 없다고 하는군요."

"깜빡 잊었군요." 사바스 씨가 큰 소리로 외쳤다. "우리가 계엄하에 있다는 사실을 항상 잊어버린답니다."

"하지만 이건 폭동이 아니에요." 대령이 말했다. "세상을 떠난 불쌍한 한 악사일 뿐이지요."

장례 행렬이 방향을 바꾸었다. 가난한 동네에서 여자들은 조용히 손톱을 물어뜯으며 행렬이 지나가는 모습을 지켜보았다. 그러나 잠시 후 길 한복판으로 나오자 칭송과 감사와 작별의 고함을 질렀다. 죽은 사람이 관 속에서 그 소리를 들을 수 있다고 믿는 것 같았다. 공동묘지에서 대령은 몸이 좋지 않은 느낌이었다. 사바스 씨가 그를 벽 쪽으로 밀어 죽은 사람을 운반하는 이들에게 길을 터 주고서 환하게 미소 지으며 얼굴을 돌렸지만 대령의 얼굴은 딱딱하게 굳어 있었다.

"무슨 일이지요, 콤파드레?" 사바스 씨가 물었다.

대령은 한숨을 내쉬었다.

"10월이에요, 콤파드레."

그들은 같은 거리로 내려왔다. 날씨가 개었다. 하늘은 새파란 색을 띠었다. '이제 더 이상 비는 내리지 않아.'라고 대령은 생각했고, 그러자 몸이 한결 나아졌다. 그래도 계속 생각에 잠겨 있었다. 사바스 씨가 그의 생각을 방해했다.

"콤파드레, 의사를 보러 가도록 하세요."

"난 아프지 않아요." 대령이 말했다. "10월이면 배 속에 짐승들이 있는 것 같은 느낌이 들어서 그런 거요."

"아, 그렇군요."라고 사바스 씨는 놀랍다는 듯이 말했다. 그는 자기 집 대문 앞에서 대령과 작별했다. 이 층짜리 새 건물로 창문에 쇠창살이 달린 집이었다. 대령은 얼른 예복을 벗어야겠다는 마음으로 집을 향했다. 그리고 잠시 후 다시 집을 나와 길모퉁이 가게에서 커피 한 통과 수탉에게 줄 옥수수 250그램을 샀다.

목요일에는 그물 침대에 누워 있고 싶었겠지만 대령은 수탉을 보살폈다. 며칠째 맑은 날이 하루도 없었다. 주중에는 대령의 배 속에서 꽃이 활짝 피었다. 대령은 천식 환자인 아내의 허파가 내뱉는 휘파람 소리에 괴로워하며 여러 날 밤을 뜬눈으로 보냈다. 그러나 10월은 금요일 오후, 휴전에 동의했다. 아구스틴이 그랬듯이 양복점에서 일하고 투계의 열렬한 팬인 동료들이 그 시간을 이용해 수탉을 살펴보았다. 정상이었다.

대령은 아내와 단둘이 집에 남게 되자 침실로 돌아갔다. 아내는 기운을 차린 상태였다.

"뭐라고들 해요." 아내가 물었다.

"아주 들떠 있소." 대령이 알려 주었다. "모두 수탉에게 걸려고 돈을 모으고 있다오."

"저렇게 형편없는 수탉한테서 뭘 보고 그러는지 모르겠어요." 아내가 말했다. "내가 보기에는 아주 기괴한 닭이에요. 다리에 비해 머리가 너무 작아요."

"아이들은 이 지방에서 최고라고들 말하오." 대령이 대답했다. "50페소는 나간다던데."

대령은 이런 말이 수탉을 갖고 있겠다는 자신의 결심을 합리화해 준다고 확신했다. 그것은 비밀문서를 유포한다는 이유로 아홉 달 전에 투계장에서 총탄을 맞아 벌집이 된 아들의 유산이었다.

"이건 값비싼 환상이에요." 아내는 말했다. "옥수수가 떨어지면 우리는 우리 간으로 수탉을 먹여 살려야 할 거예요."

대령은 옷장에서 능직 무명 바지를 찾으면서 한참을 생각했다.

"몇 달만 있으면 되는 문제라오." 대령은 말했다. "1월에 투계가 열린다는 것은 이미 다들 확실하게 아는 사실이라오. 그다음에 더 좋은 가격으로 팔 수 있을 거요."

바지는 다림질이 되어 있지 않았다. 아내가 바지를 화덕 철판 위에 펼쳤다. 석탄불에 달군 다리미가 두 개 있었다.

"왜 급히 외출하려는 거죠." 아내가 물었다.

"우편물 때문이오."

"오늘이 금요일이라는 사실을 깜박했어요." 아내는 방으로 돌아오면서 말했다. 대령은 상의를 입었지만 아직 바지는 입지 않았다. 아내는 남편의 신발을 눈여겨보았다.

"그 신발은 이미 버릴 때가 다 되었네요." 아내가 말했다. "당신은 계속 에나멜 구두를 신는군요."

대령은 갑자기 우울해졌다.

"마치 고아가 신는 신발 같소." 대령은 투덜거렸다. "이 신발을 신을 때마다 고아원에서 도망친 느낌이라오."

"우리는 우리 아들의 고아예요." 아내가 말했다.

이번에도 남편은 아내의 말에 기꺼이 동의했다. 대령은 소형 선박들이 뱃고동을 울리기 전에 항구로 발길을 옮겼다. 에나멜 구두를 신고, 허리띠 없는 흰 바지와 구리 단추로 목을 채운 탈부착 칼라가 없는 셔츠를 입었다. 그는 시리아 사람인 모이세스의 가게에서 소형 선박들이 입항하는 모습을 지켜보았다. 승객들이 여덟 시간 동안이나 옴짝달싹 못 해 피로에 찌든 모습으로 배에서 내렸다. 평소와 똑같은 승객들이었다. 행상꾼들과 지난주에 여행을 떠났다가 일상으로 돌아오는 마을 사람들이었다.

마지막으로 들어온 배는 우편선이었다. 우편선이 정박하는 것을 대령은 초조하고 언짢은 기분으로 바라보았다. 증기를 내뿜는 굴뚝에 방수포를 묶어 지붕을 덮어 놓았다. 거기서 우편 행랑을 보았다. 십오 년을 기다린 만큼 직관이 예리해졌다. 이미 수탉이 불안감을 더욱 가중시킨 상태였다. 우체국장이 배에 올라가 행랑을 풀고 어깨에 메는 순간부터 대령은 그에게서 눈을 떼지 않았다.

대령은 항구와 나란히 나 있는 거리로 우체국장을 뒤쫓아 갔다. 조그만 가게들과 형형색색의 잡동사니를 진열한 가판대들로 가득한 미로였다. 그럴 때마다 두려움과는 많이 다르지만 절박하고 절실한 불안을 경험했다. 의사가 우체국에서 신문을 기다리고 있었다.

"아내가 혹시 우리 집에서 선생에게 뜨거운 물을 퍼붓지 않았는지 물어봐 달라더군요." 대령이 말했다.

그는 젊은 의사였고, 두개골이 윤기 나는 곱슬머리로 뒤덮여 있었다. 완벽한 치열에는 무언가 믿기 힘든 구석이 있었다. 의사가 천식 환자의 건강에 관심을 나타냈다. 대령은 편지를 분류해 우편함에 넣는 우체국장의 움직임에서 눈을 떼지 않은 채 자세한 정보를 주었다. 느릿느릿 움직이는 태도를 보자 화가 치밀었다.

의사는 신문 더미와 함께 우편물을 받았다. 그는 의학 광고 전단지를 한쪽에 놓고 개인 서신을 대충 훑어보았다. 그동안 우체국장은 그곳에 있는 사람들에게 우편물을 나누어 주었다. 대령은 알파벳이 적힌 우편함들 중 자기에게 할당된 것을 쳐다보았다. 파란색 테두리가 있는 항공 우편을 보고 긴장감과 초조함은 더욱 커졌다.

의사가 신문을 묶은 띠를 찢었다. 그가 주요 뉴스를 읽는 동안 대령은 우편함에서 눈을 떼지 않고 우체국장이 그 앞에 멈추기만 기다렸다. 그러나 멈추지 않았다. 의사는 신문 읽기를 멈추었다. 그는 대령을 쳐다보았다. 그런 다음 전신기 앞에 앉은 우체국장을 쳐다보고 다시 대령을 바라보았다.

"이제 가십시다." 의사가 말했다.

우체국장은 고개를 들지 않았다.

"대령님에게 온 것이 하나도 없군요." 의사가 말했다.

대령은 창피했다.

"아무것도 기다리지 않았다오." 대령은 거짓말을 했다. 그리고 완전히 어린애와도 같은 시선을 다시 의사에게 돌렸다. "아무도 내게 편지를 쓰지 않는다오."

그들은 아무 말 없이 돌아갔다. 의사는 신문에서 눈을 떼지 않았다. 대령은 평소와 같은 걸음걸이로 걸었다. 마치 잃어버린 동전을 찾아 뒷걸음질 치는 사람처럼 보였다. 화창한 오후였다. 광장의 편도 나무들이 마지막 썩은 잎사귀들을 떨어뜨렸다. 진료실 앞에 도착했을 때는 어둠이 지고 있었다.

"새로운 소식이 있소?" 대령이 물었다.

의사는 신문 몇 장을 건네주었다.

"아직 모르겠습니다." 의사가 말했다. "검열 아래서 출간되는 것이라 행간을 읽기가 수월치 않습니다."

대령은 주요 제목들을 읽었다. 국제 뉴스였다. 위에는 4단 크기로 수에즈 운하 국유화에 관한 기사가 실렸다. 1면은 부고 광고로 거의 도배되다시피 했다.

"선거에 대한 희망이 없군요." 대령이 말했다.

"순진한 소리는 그만하십시오." 의사가 말했다. "메시아를 기다리기에 우리는 이미 너무 자랐지요."

대령이 신문을 돌려주려고 했지만 의사는 받지 않았다.

"집으로 가져가십시오." 의사가 말했다. "오늘 밤에 읽고 내일 돌려주십시오."

7시가 조금 넘어 영화 검열 결과를 알리는 종소리가 종탑에서 울렸다. 앙헬 신부는 이 방법을 이용해 매달 우편으로 받는 분류 목록에 따라 영화의 도덕적 분류 등급을 알렸다. 대령의 아내는 열두 번의 종소리를 세었다.

"모두에게 나쁜 영화네요." 아내가 말했다. "거의 일 년 동안 모두에게 나쁜 영화뿐이네요."

아내는 모기장을 내리고 중얼거렸다. "세상이 타락했어요." 그러나 대령은 아무 말도 하지 않았다. 잠자리에 들기 전 수탉을 침대 다리에 맸다. 현관문을 닫고는 침실에 방충제를 뿌렸다. 바닥에 등잔을 내려놓고 그물 침대를 건 뒤에 앉아서 신문을 읽기 시작했다.

날짜 순서대로 읽었다. 1면부터 마지막 면까지, 심지어 광고까지 읽었다. 11시에 통행금지 나팔이 울렸다. 대령은 삼십 분 후에 읽기를 마치고, 한 치도 내다볼 수 없는 밤을 향해 마당으로 난 문을 열고는 모기의 공격을 받으며 기둥에 오줌을 누었다. 방으로 돌아왔을 때 아내는 깨어 있었다.

"참전 용사들에 대해 아무 말도 없나요." 아내가 물었다.

"아무 소식도 없소." 대령이 말했다. 그는 등잔불을 끄고 그물 침대로 들어갔다. "처음에는 적어도 연금 수급자 명단이 실렸소. 그런데 오 년 전부터는 아무 소식도 없소."

자정이 지나 비가 내렸다. 대령은 잠들었다가 얼마 후 속이 좋지 않아 놀라서 잠을 깼다. 집 안 어디에선가 비가 새고 있었다. 머리까지 양털 담요를 두르고 어둠 속에서 비가 새는 곳을 찾았다. 식은땀 한 줄기가 등골을 타고 흘러내렸다. 열이 있었다. 젤라틴 연못 안의 동심원 속에서 둥둥 떠다니는 느낌이었다. 누군가가 말했다. 대령은 혁명군 야전 침대에서 대답했다.

"누구와 이야기하는 거예요." 아내가 물었다.

"호랑이로 변장하고 아우렐리아노 부엔디아 대령의 막사에 나타난 영국 사람과 말하는 중이오." 대령이 말했다. 그는 고열로 들끓으며 그물 침대에서 몸을 뒤척였다. "말버러 공작이었소."

대령은 기진맥진한 몸으로 새벽을 맞았다. 미사를 알리는 두 번째 종소리가 울리자 그물 침대에서 벌떡 뛰어내려 수탉 울음소리로 평정이 깨진 혼탁한 현실 속에 자리를 잡았다. 아직도 머리는 동심원을 맴돌고 있었다. 속이 울렁거렸다. 마당으로 나가 조그맣게 속삭이는 소리와 겨울의 어두운 냄새를 지나 변소로 갔다. 함석지붕을 얹은 조그만 목조 변소 내부는 구덩이에서 올라오는 암모니아 가스 때문에 제대로 숨을 쉬기 힘들 지경이었다. 대령이 뚜껑을 들자 나방파리들이 올라왔다.

가짜 경보였다. 울퉁불퉁한 널빤지 발판에 쪼그리고 앉아 대령은 좌절된 갈망이 얼마나 꺼림칙한지 경험했다. 급하게 대변이 나올 것 같은 느낌은 소화관의 무지근한 통증으로 바뀌었다. "의심할 여지가 없어." 그는 중얼거렸다. "10월이면 내겐 항상 똑같은 일이 일어나." 대령은 자신만만하고 순진한 기대감에 부풀어 내장의 버섯이 가라앉을 때까지 기다렸다. 그러고서 수탉을 보러 방으로 돌아왔다.

"어젯밤에 고열로 헛소리를 했어요." 아내가 말했다.

아내는 일주일 동안의 발작에서 회복하여 이미 방 안을 정리하기 시작한 상태였다. 대령은 기억을 떠올리려고 애썼다.

"고열이 아니었소." 대령은 거짓말을 했다. "또 거미줄 꿈

이었소."

항상 그랬듯이 아내는 발작이 끝나자 원기 왕성한 모습이었다. 오전 중에 집을 완전히 뒤엎어 놓았다. 시계와 젊은 여자 그림을 제외하고는 모든 위치를 바꾸었다. 너무나 작고 유연한 나머지 모직 덧신을 신고 단추를 모두 채운 검은색 옷을 입고 움직일 때면 아내는 벽을 마음대로 드나들 수 있는 것 같았다. 그러나 12시 전에 이미 예전의 몸집과 몸무게를 회복했다. 침대에 있을 때면 있어도 없는 사람이었다. 이제 그녀는 양치류와 베고니아 화분 사이로 움직이면서 집 전체에 모습을 드러냈다. "아구스틴이 살아서 올해를 맞이했다면 나는 노래를 부르기 시작했을 거예요." 아내는 이렇게 말하며 냄비를 휘저었다. 냄비에는 열대의 땅에서 나는 모든 식재료가 토막토막 잘린 채 끓고 있었다.

"노래하고 싶으면 노래해요." 대령이 말했다. "기분이 언짢을 때 좋다오."

의사는 점심시간이 지나서 왔다. 대령과 아내가 부엌에서 커피를 마시고 있을 때 의사가 거리와 맞닿은 대문을 열고 소리쳤다.

"환자들이 모두 죽었군요."

대령은 자리에서 일어나 그를 맞이했다.

"그렇다오, 의사 선생." 대령이 거실로 가면서 말했다. "난 항상 당신 시계가 독수리처럼 정확하다고 말했다오."

아내는 검사받을 준비를 하러 방으로 갔다. 의사는 대령과 함께 거실에 남았다. 더웠지만 흠잡을 데 없이 말끔한 리넨 양복이 시원한 분위기를 풍겼다. 아내가 준비되었다고 알리자 의사는 대령에게 종이 세 장을 봉투에 넣어 건네주었다. 그는 방으로 들어가면서 말했다. "그게 바로 어제 신문이 말하지 않았던 내용입니다."

대령은 그 내용을 짐작했다. 비밀리에 유통시키기 위해 등사기로 인쇄한 최근 국내 사건들의 요약본이었다. 국내 무력 항쟁의 상황을 알리고 있었다. 그는 절망했다. 십 년 동안 비밀 정보를 받아 보면서 어떤 소식도 다음 달보다 더 놀랍지 않다는 것을 배웠기 때문이다. 의사가 거실로 돌아왔을 때 그는 이미 비밀 정보를 모두 읽은 뒤였다.

"환자는 나보다 더 건강합니다." 의사가 말했다. "이런 천식을 앓는다면 나는 백 살도 살 겁니다."

대령은 언짢은 표정으로 쳐다보았다. 그리고 한마디도 없이 봉투를 돌려주었는데 의사는 받지 않았다.

"돌려 보십시오." 의사가 나지막이 말했다.

대령은 봉투를 바지 주머니에 넣었다. 아내가 방에서 나오며 말했다. "며칠 사이에 내가 죽게 되면 선생님을 지옥으로 데려갈 거예요." 의사는 평상시처럼 반짝이는 치아를 드러내며 침묵으로 답했다. 그는 의자를 조그만 탁자 쪽으로 끌어당기더니 왕진 가방에서 무료 샘플로 받은 약병을 몇 개 꺼냈다. 아내는 못 본 척하고 부엌으로 갔다.

"기다리세요. 커피를 데워 드릴게요."

"아니에요, 괜찮습니다." 의사가 말했다. 그는 처방전에 복용할 약과 투약할 양을 적었다. "부인에게 나를 독살할 기회를 절대로 드리지 않겠습니다."

아내가 부엌에서 웃었다. 의사는 처방전을 적고 큰 소리로 읽었다. 누구도 자기 글씨를 알아보지 못하리라는 사실을 잘 알았기 때문이다. 대령은 주의를 기울이려고 애썼다. 부엌에서 돌아온 아내는 남편의 얼굴에 지난밤의 황폐함이 서려 있음을 알아차렸다.

"오늘 아침에 열이 있었어요." 아내는 대령을 가리키며 말했다. "두 시간가량 내전에 관해 말도 안 되는 소리를 했죠."

대령은 소스라치게 놀랐다.

"고열이 아니었다오." 대령은 재차 주장하면서 평정을 되찾았다. "게다가 병에 걸리더라도 난 누구의 손에도 맡기지 않을 거요. 나 스스로 쓰레기통에 몸을 던질 거요."

그는 신문을 찾으러 방으로 갔다.

"나를 추어올려 주셔서 고맙습니다." 의사가 말했다.

그들은 함께 광장으로 걸어갔다. 공기는 건조했다. 거리의 아스팔트가 더위로 녹기 시작했다. 의사가 작별 인사를 하자 대령은 이를 악물고 나지막한 소리로 물었다.

"얼만가요, 선생님?"

"지금은 한 푼도 내지 않아도 됩니다." 의사가 말했다. 그러고는 대령의 어깨를 손바닥으로 가볍게 툭툭 쳤다. "수탉이 이기면 두둑한 계산서를 보내겠습니다."

대령은 아구스틴의 친구들에게 비밀 편지를 갖다 주기 위해 양복점으로 발길을 옮겼다. 동료 당원들이 죽거나 마을에서 추방되고, 금요일마다 우편물을 기다리는 것 이외에는 아무 할 일이 없는 사람이 되어 버린 이후 대령이 들를 수 있는 유일한 피난처였다.

오후의 무더위 덕분에 아내는 더욱 기운을 차렸다. 아무짝에도 소용없는 헌 옷 상자와 복도의 베고니아 화분 사이에 앉아 또다시 아무것도 없는 상태에서 새로운 옷가지를 만들어 내는 영원한 기적을 행했다. 옷소매로 칼라를 만들고, 등의 천과 네모난 천 조각으로 소맷부리를 만들었다. 서로 색깔이 다른 천 조각이었지만 완벽했다. 매미 한 마리가 마당에서 시끄럽게 울어 댔다. 해가 시뻘겋게 익었다. 하지만 아내는 베고니아 꽃 위로 해가 죽어 가는 모습을 보지 못했다. 땅거미가 질 무렵 대령이 도착하자 비로소 고개를 들었다. 그러면서 두 손으로 목을 잡고 손마디를 꺾었다. 아내가 말했다. "머리가 막대기처럼 빳빳해요."

"당신 머리는 항상 그랬소." 대령은 말했다. 잠시 후 색색의 쪼가리로 완전히 뒤덮인 아내의 몸을 유심히 바라보았다. "딱따구리 같소."

"당신에게 옷을 입히려면 거의 딱따구리가 되어야 해요." 아내가 말했다. 그리고 목과 소맷부리만 같은 색이고 나머지는 서로 다른 세 가지 색 천으로 만든 셔츠를 펼쳤다. "사육제 때 재킷만 벗으면 될 거예요."

6시를 알리는 종소리 때문에 말이 중단되었다. "주님의 천사가 마리아께 아뢰니." 아내는 큰 소리로 기도하면서 옷을 들고 침실로 향했다. 대령은 학교가 끝나고 수탉을 구경하러 온 아이들과 대화를 나누었다. 그러고는 다음 날 먹일 옥수수가 없다는 사실을 기억하고 침실로 가 아내에게 돈을 달라고 했다.

"아마 50센타보밖에 없을 거예요." 아내가 말했다.

아내는 돈을 손수건에 넣고 꽁꽁 묶어 침대 매트리스 아래에 보관했다. 아구스틴의 재봉틀로 벌어들인 수입이었다. 아홉 달 동안 자신들이 필요한 것과 수탉이 필요한 것으로 나누어 한 푼 한 푼씩 그 돈을 썼다. 이제는 20센타보 동전 두 개와 10센타보 동전 한 개만 남았다.

"옥수수를 500그램 사도록 해요." 아내가 말했다. "남은 돈으로 내일 마실 커피와 치즈 100그램을 사요."

"문 앞에 걸어 놓을 황금 코끼리도." 대령이 아내의 말을 이었다. "옥수수만 사도 42센타보가 든다오."

두 사람은 잠시 생각했다. "수탉은 짐승이고, 따라서 기다릴 수 있어요." 아내가 먼저 말했다. 그러나 남편의 표정을 보니 다시 생각해야만 했다. 대령은 침대에 앉아 무릎에 팔을 괴고 두 손 사이의 동전으로 소리를 냈다. "나 때문이 아니라오." 잠시 후 대령이 말했다. "내 마음대로 할 수만 있다면 오늘 밤 당장 수탉을 잡아 끓여 먹을 거요. 50페소짜리 소화 불량은 틀림없이 아주 멋질 거요." 그는 잠시 말을 멈추고 목에 달라붙어 있던 모기를 뭉개 버렸다. 그러고는 눈으로 아내를 좇으며 방 안을 둘러보았다.

"내가 걱정하는 것은 저 불쌍한 아이들이 돈을 모으고 있다는 사실이오."

그때 아내는 생각하기 시작했다. 그리고 살충제 분무기를 들고 방 안을 완전히 한 바퀴 돌았다. 대령은 그 행동에서 비현실적인 구석을 깨달았다. 집 안의 영혼들을 불러 모아 자문을 구하려는 것 같았다. 마침내 아내는 분무기를 석판 인쇄화가 새겨진 조그만 선반 위에 놓고 당밀 색깔 눈으로 대령의 당밀 색깔 눈을 뚫어지게 쳐다보았다.

"옥수수를 사요." 아내가 말했다. "우리가 우리 문제를 어떻게 해결할지는 하느님이 아실 거예요."

"이것은 빵이 수십 배로 늘어나는 기적이오." 그다음 주에 대령은 식탁에 앉을 때마다 이 말을 되풀이했다. 수선하고 깁고 꿰매는 놀라운 재능을 가지고 아내는 한 푼 없이도 가정 경제를 꾸려 나가는 열쇠를 발견한 것 같았다. 10월은 휴전을 연장했다. 습기가 깨나른함으로 대체되었다. 구릿빛 태양 덕분에 기운을 차린 아내는 사흘 오후 동안 공들여 머리를 단장했다. "이제 장미사를 시작하오." 아내가 이 빠진 빗으로 길고 파란 머리카락을 풀어 헤치던 첫날 오후에 대령은 이렇게 말했다. 이튿날 오후 아내는 마당에 앉아 무릎에 하얀 침대 시트를 놓고 좀 더 촘촘한 빗을 사용해 천식 발작 기간에 늘어난 이를 잡았다. 마지막으로 라벤더 물에 머리를 감고 마르기를 기다려 목덜미 부근에서 머리카락을 두 번 말아 핀으로 고정했다. 대령은 기다렸다. 밤에 그물 침대에서 뜬눈으로 오랜 시간 동안 수탉의 운명을 걱정했다. 그러나 수요일에 두 사람은 수탉의 무게를 쟀고, 수탉은 건강한 상태였다.

그날 오후에 아구스틴의 동료들이 수탉이 승리할 것이라고 상상 속에서 기쁘게 계산을 하면서 집을 떠나자 대령 역시 몸이 정상이라고 느꼈다. 아내가 머리를 잘라 주었다. "이십 년은 젊어 보이게 만들어 주었구려." 대령은 손으로 머리를 매만지며 말했다. 아내는 남편의 말이 맞다고 생각했다.

"내 몸만 괜찮으면 죽은 사람도 다시 살릴 수 있어요."

하지만 아내의 확신은 그다지 오래 지속되지 못했다. 집 안에는 이제 시계와 그림을 제외하곤 팔 것이 하나도 없었다. 목요일 밤 그들이 가진 것이 한계에 이르자 아내는 상황이 우려된다고 밝혔다.

"걱정 마시오." 대령이 위로했다. "내일은 우편물이 오는 날이오."

다음 날 대령은 의사의 진료실 앞에서 배를 기다렸다.

"비행기는 정말 멋진 물건이오." 대령은 우편 행랑에서 눈길을 떼지 않고 말했다. "사람들 말에 의하면 하룻밤이면 유럽에 도착할 수 있다오."

"그렇지요." 의사는 이렇게 대답하면서 화보가 실린 잡지로 부채질을 했다. 대령은 작은 배들 위로 뛰어내리기 위해 입항이 끝나기를 기다리는 무리 속에서 우체국장을 발견했다. 우체국장이 가장 먼저 뛰어내렸다. 선장에게서 밀랍으로 봉한 봉투 하나를 받았다. 그리고 지붕 위로 올라갔다. 우편 행랑은 두 개의 석유 드럼통 사이에 묶여 있었다.

"다만 아직 위험한 것 같소." 대령이 말했다. 우체국장을 시야에서 놓쳤지만 손수레에 놓인 여러 색깔의 음료수 병들 사이에서 다시 그의 모습을 보았다. "인류는 아무 대가도 치르지 않고 공짜로 발전하는 게 아니라오."

"현재는 조그만 배보다 더 안전합니다." 의사가 말했다. "6000미터 상공으로, 그러니까 폭풍우 위로 날아갑니다."

"6000미터 상공이라." 대령은 그대로 되풀이했다. 그게 어느 정도인지 상상이 되지 않아 당황한 것이다.

의사가 관심을 보였다. 두 손으로 잡지를 펼치고는 움직이지 않게 했다.

"완벽하게 안정적이지요." 의사가 말했다.

그러나 대령은 우체국장의 행동에 관심이 쏠려 있었다. 우체국장이 왼손에 컵을 들고 붉은 거품이 있는 음료수를 마시는 것을 보았다. 오른손에는 우편 행랑을 들었다.

"게다가 바다 위에 배가 정박하면서 야간 비행기와 끊임없이 교신합니다." 의사는 계속 말했다. "이렇게 많은 예방책을 취하기 때문에 조그만 배보다 더 안전합니다."

대령은 그를 쳐다보았다.

"물론이오." 대령이 말했다. "아마 양탄자 같을 게 분명하오."

우체국장은 곧장 그들을 향해 발걸음을 옮겼다. 대령은 거스를 수 없는 초조함으로 뒷걸음질 치면서 밀랍으로 봉한 봉투에 누구 이름이 적혔는지 알아내려고 애썼다. 우체국장이 행랑을 풀었다. 의사에게 신문 더미를 건네주었다. 그런 다음 개인 편지 봉투를 뜯었고, 송금된 액수가 정확한지 확인했으며, 편지들을 보면서 수신자들의 이름을 읽었다. 의사는 신문 다발을 뜯었다.

"여전히 수에즈 운하 문제군요." 의사가 주요 제목들을 읽으며 말했다. "서방 세계가 지고 있어요."

대령은 주요 제목들을 읽지 않았다. 그는 배가 뒤틀리는 것을 참으려고 애썼다. "검열이 시작된 이후 신문들은 온통 유럽에 대해서만 말하고 있소." 대령이 말했다. "최선의 방법은 유럽 사람들이 이곳으로 오고, 우리가 유럽으로 가는 거요. 그러면 세상 모든 사람들이 자기 나라에서 무슨 일이 벌어지는지 알게 될 거요."

"유럽 사람들에게 남아메리카는 수염을 기르고 기타와 총을 가진 사람이지요." 의사가 신문 위로 웃으면서 말했다. "그들은 우리 문제를 이해하지 못해요."

우체국장이 의사에게 편지를 건넸다. 그런 다음 나머지 서신들을 행랑에 집어넣고 다시 묶었다. 의사는 편지 두 통을 읽으려고 했다. 봉투를 뜯기 전에 대령을 바라보았다. 그러고서 우체국장을 보았다.

"대령님에게는 아무것도 없나요?"

대령은 오싹한 공포를 느꼈다. 우체국장은 행랑을 어깨에 들쳐 메고 층계를 내려가 고개도 돌리지 않은 채 대답했다.

"아무도 대령에게 편지하지 않아요."

대령은 평소와 달리 곧장 집으로 향하지 않았다. 대령이 양복점에서 커피를 마시는 동안 아구스틴의 동료들은 신문을 훑어보았다. 그는 실망하고 좌절했다. 차라리 다음 주 금요일까지 이곳에 머무르면서 그날 밤 빈손으로 아내 앞에 모습을 나타내지 않으면 좋을 듯싶었다. 그러나 양복점이 문을 닫자 현실과 직면해야 했다. 아내가 그를 기다리고 있었다.

"아무것도 없어요." 아내가 물었다.

"아무것도 없소." 대령이 대답했다.

그다음 주 금요일에 그는 다시 조그만 배들로 갔다. 매주 금요일처럼 기다리던 편지 없이 돌아왔다. "이미 우리는 충분히 기다릴 만큼 기다렸어요." 그날 밤 아내가 말했다. "십오 년 동안 편지를 기다리려면 당신처럼 황소 같은 인내심을 필요로 해요." 대령은 신문을 읽기 위해 그물 침대로 들어갔다.

"순서가 되기를 기다려야 하오." 대령이 말했다. "우리 번호는 1823이오."

"우리가 기다리기 시작한 후 그 숫자는 두 번이나 복권에 당첨되었어요." 아내가 대답했다.

대령은 평소처럼 광고를 포함해 1면부터 마지막 면까지 읽었다. 하지만 이번에는 정신을 집중하지 못했다. 신문을 읽는 동안 자기가 받을 참전 군인 연금을 생각했다. 십구 년 전, 그러니까 의회가 법령을 공포하자 자격 인정 절차가 시작되었고, 그게 팔 년이 걸렸다. 그런 다음 수혜자 명단에 포함되는 데 육 년이 걸렸다. 그게 대령이 받은 마지막 편지였다.

대령은 통행금지 나팔 소리가 끝난 이후에 신문 읽기를 마쳤다. 등잔불을 끄려는데 아내가 깨어 있다는 사실을 알았다.

"스크랩해 놓은 광고를 아직도 갖고 있소?"

아내는 생각했다.

"그래요. 다른 종이들과 함께 있을 거예요."

아내는 모기장을 나와 옷장에서 작은 나무 상자를 꺼냈다. 날짜 순서에 따라 정리해 고무줄로 묶어 놓은 편지 꾸러미가 든 상자였다. 전쟁 연금의 신속한 수속을 약속하는 합동 변호사 사무실의 광고를 찾아냈다.

"내가 당신한테 변호사를 바꾸자고 조른 이후 우리에게는 시간이 있었어요. 심지어 돈을 모두 써 버릴 시간도 있었을 거예요." 아내가 남편에게 신문 스크랩을 건네주면서 말했다. "그들이 원주민 문제를 처리할 때처럼 우리 문제를 서랍 안에 처박아 두면 우리는 아무것도 얻을 수 없어요."

대령은 이 년 전 날짜가 적힌 신문 스크랩을 읽었다. 문 뒤에 걸린 셔츠 주머니에 그것을 넣어 두었다.

"문제는 변호사를 교체하려면 돈이 든다는 거요."

"전혀 그렇지 않아요." 아내는 단호하게 말했다. "연금을 받게 되면 그 연금에서 제하라고 편지를 쓰면 돼요. 이게 그들이 이 문제에 관심 갖도록 만드는 유일한 방법이에요."

토요일 오후에 대령은 변호사를 만나러 갔다. 변호사는 그물 침대에 한가롭게 누워 있었다. 위턱에 송곳니 두 개만 덜렁 있는 거대한 몸집의 흑인이었다. 그가 나무 밑창 슬리퍼에 발을 집어넣고 먼지가 수북이 쌓인 자동 피아노[2] 위로 사무실 창문을 열었다. 두루마리 종이가 있어야 할 공간에 다른 종이

---

[2] 두루마리 종이에 기록된 악보를 읽고 공기의 힘으로 저절로 연주되는 피아노. 피아놀라라고 불린다.

들이 잔뜩 처박혀 있었다. 관보에서 오린 기사들을 낡은 회계 장부에 풀로 붙여 놓았고, 재무부 소식지가 뒤죽박죽 널려 있었다. 건반 없는 자동 피아노는 책상으로도 쓰였다. 대령은 방문한 목적을 밝히기 전에 불안감을 드러냈다.

"당신에게 하루아침에 끝날 일이 아니라고 알려주었습니다." 대령이 말을 멈춘 틈을 이용해 변호사가 말했다. 그는 더위에 짓눌려 있었다. 의자 스프링을 힘들게 뒤로 젖히고는 전단지로 부채질을 했다.

"내 업무 대행인들은 종종 편지를 보내 절망하지 말아야 한다고 말합니다."

"십오 년 전부터 똑같은 말입니다." 대령이 대답했다. "이건 거세한 수탉 이야기[3]처럼 들리기 시작하는군요."

변호사는 행정상 어려운 점들을 아주 사실적이고 생생하게 설명했다. 의자는 황혼기에 있는 그의 엉덩이가 앉기에 너무

---

3) 결코 끝나지 않을 이야기를 언급하는 표현으로 『백년의 고독』에 나오는 '거세된 수탉 이야기'는 다음과 같다. "함께 모여 앉아 끝없이 얘기를 주고받고, 똑같은 농담을 몇 시간씩이나 되풀이하고, 거세시킨 수탉 얘기를 신경질이 날 정도까지 비비 꼬아서 복잡하게 만들었는데, 얘기하는 사람이 그 얘기를 듣고 있던 사람들에게 거세시킨 수탉 얘기를 또 들려주기를 원하느냐고 물어, 얘기를 듣는 사람이 그러라고 대답하면, 얘기를 하는 사람은 듣고 싶다고 대답하라고 부탁한 적이 없으며 단지 거세한 수탉 얘기를 그들에게 해 주는 것을 원하는지만 물었다고 말하고, 얘기를 듣던 사람들이 아니라고 대답하면, 얘기를 하는 사람은 아니라고 대답하라 부탁한 적이 없으며 단지 거세한 수탉 얘기를 그들에게 해 주는 것을 원하는지만 물었다고 말하고, 얘기를 듣던 사람들이 입을 다물고 있으면, 얘기를 하는 사람은 입을 다물고 있으라고 부탁한 적이 없으며 단지 거세한 수탉 얘기를 그들에게 해 주는 것을 원하는지만 물었다고……."

작았다. "십오 년 전이 더 쉬웠습니다." 변호사가 말했다. "당시에는 양당 당원들로 구성된 참전용사협회 지부가 있었습니다." 그는 뜨거운 공기를 폐에 가득 들이마시고서 마치 자기가 방금 전에 만들어 낸 것처럼 멋진 명언을 말했다.

"단결해야 힘이 생깁니다."

"이 경우에는 그렇지 않았습니다." 대령은 처음으로 자기가 고독하다는 사실을 깨달으며 말했다. "내 동료들은 모두 편지를 기다리다가 죽었습니다."

변호사는 전혀 당혹해하지 않았다.

"법이 너무 늦게 공포되었습니다." 변호사가 말했다. "스무 살에 대령이 된 당신처럼 모두가 행운이 따랐던 건 아닙니다. 게다가 특별 항목이 포함되지 않았고, 그래서 정부는 예산을 수정해야만 했습니다."

항상 똑같은 말이었다. 대령은 그 말을 들을 때마다 분노를 느끼곤 했다. "이건 동냥을 구걸하는 게 아닙니다." 대령이 말했다. "우리에게 호의를 베풀어 달라는 게 아닙니다. 우리는 공화국을 구하기 위해 분골쇄신했습니다."

변호사는 양팔을 벌렸다.

"그렇습니다, 대령님." 변호사가 말했다. "인간의 배은망덕은 끝이 없습니다."

대령도 아는 이야기였다. 정부가 200명의 혁명군 장교에게 여비와 보상금을 약속한 네에를란디아 조약[4]이 체결된 다음

---

4) 콜롬비아에서 1899년 10월 17일부터 1902년 11월 21일까지 지속된 '천

날에 그 이야기를 듣기 시작했다. 대부분 학교에서 도망친 청소년으로 이루어진 혁명 대대는 네에를란디아 농장의 거대한 케이폭 나무 주변에서 야영을 하며 석 달을 기다렸다. 그러고는 자비를 들여 집으로 돌아갔고 그곳에서 계속 기다렸다. 거의 육십 년 전부터 대령은 기다리고 있었다.

이 같은 기억이 떠오르자 흥분한 대령은 중대한 행동을 취했다. 신경 섬유로 꿰맨 뼈다귀에 불과한 넓적다리뼈에 오른손을 기대고서 중얼거렸다.

"중요한 결정을 내리기로 결심했습니다."

변호사는 마음을 졸였다.

"무엇이죠?"

"변호사 교체입니다."

엄마 오리가 여러 마리의 노란 새끼 오리를 데리고 사무실로 들어왔다. 변호사는 오리를 내보내기 위해 몸을 일으켰다. "좋을 대로 하십시오. 내가 기적을 행할 수만 있다면 이런 동물 우리에서 살지 않을 겁니다." 그는 마당으로 향하는 문에 나무 창살을 대놓고는 의자로 되돌아왔다.

"우리 아들은 평생 일했습니다." 대령이 말했다. "우리 집이 저당을 잡혀 있습니다. 연금법은 변호사들에게 종신 연금이 되었지요."

일 전쟁'을 종식시키기 위해 1902년 10월 24일 바나나 생산 지역인 시에나가 근교에 위치한 네에를란디아 농장에서 맺은 평화 조약이다. 그러나 자유당과 보수당의 전쟁은 그해 11월 말까지 이어졌고, 최종 평화 조약은 파나마만에 정박한 미국의 위스콘신 전함에서 조인되었다.

"나한테는 그렇지 않습니다." 변호사가 이의를 제기했다. "나는 마지막 남은 한 푼까지 수속 비용으로 썼습니다."

대령은 너무 심한 말을 했다는 생각으로 괴로웠다.

"내가 하고자 했던 말이 바로 그것입니다." 대령은 자기 말을 정정했다. 그리고 셔츠 소매로 이마의 땀을 닦았다. "이런 더위에서는 머리의 나사도 녹이 슬어 버리지요."

잠시 후 변호사는 위임장을 찾기 위해 사무실을 엉망으로 뒤집어 놓았다. 사무실은 사포로 문지르지 않은 거친 판자로 지어져 있었다. 태양이 살풍경한 방 한가운데를 향해 다가왔다. 사방을 찾아보아도 아무 소용이 없자 변호사는 씩씩대며 바닥에 엎드렸고, 자동 피아노 아래쪽에서 종이 두루마리 하나를 집었다.

"여기 있습니다."

그는 대령에게 도장 찍힌 종이 한 장을 건네주었다. "내 대행인들에게 편지를 써서 사본을 파기하라고 해야겠습니다." 변호사는 이렇게 말을 맺었다. 대령은 먼지를 털어 낸 종이를 셔츠 주머니에 넣었다.

"대령님이 직접 찢어 버리십시오." 변호사가 말했다.

"아닙니다." 대령이 대답했다. "여기에는 이십 년의 기억이 담겼습니다." 그러고는 변호사가 계속 찾기를 기다렸다. 하지만 변호사는 그러지 않았다. 그는 그물 침대로 가서 땀을 닦았다. 거기에서 햇빛에 반사되어 반짝이는 공기 사이로 대령을 쳐다보았다.

"서류도 필요합니다." 대령이 말했다.

"어떤 서류 말입니까?"

"자격 인정 서류 말입니다."

변호사는 양팔을 벌렸다.

"그건 불가능할 겁니다, 대령님."

대령은 가슴이 조였다. 마콘도 지역 혁명군 회계 담당자로서 그는 혁명군 자금을 두 개의 가방에 넣어 노새 등에 묶고 엿새 동안 힘든 여행을 했다. 배고파 죽은 노새를 끌고서 조약이 체결되기 삼십 분 전 네에를란디아 주둔지에 그렇게 도착했다. 대서양 연안 혁명군 군수 사령관인 아우렐리아노 부엔디아 대령은 자금 인수증을 내밀고 양도 목록에 두 개의 가방을 포함시켰다.

"헤아릴 수 없는 가치를 지닌 서류들입니다." 대령이 말했다. "아우렐리아노 부엔디아 대령의 친필 서명이 담긴 인수증이 있습니다."

"알겠습니다." 변호사가 말했다. "하지만 그 서류들은 수없이 많은 사무실에서 수많은 사람의 손을 거쳐 국방부의 어느 부서에 도착했지만 그게 어딘지 아무도 모릅니다."

"어떤 관리도 그런 서류를 못 본 척 지나갈 수는 없습니다." 대령이 말했다.

"최근 십오 년 동안 관리들이 수없이 바뀌었습니다." 변호사가 지적했다. "일곱 명의 대통령이 있었고, 대통령마다 적어도 열 차례는 내각을 교체했고, 장관마다 적어도 백 번은 직원들을 바꾸었다는 사실을 생각하십시오."

"하지만 누구도 그 서류를 집에 가져가지 못했을 겁니다."

대령이 말했다. "새로 임명된 관리는 모두 그것이 있어야 할 자리에 있다는 것을 알았을 겁니다."

변호사는 두 손을 들고 말았다.

"더군다나 그 서류가 지금 국방부에서 나오게 되면 또다시 순서를 기다려야 수혜자 명단에 포함될 겁니다."

"상관없습니다." 대령이 말했다.

"수백 년이 걸릴지도 모르는 문제입니다."

"상관없습니다. 커다란 것을 기다리는 사람은 작은 것은 얼마든지 기다릴 수 있습니다."

대령은 줄 쳐진 종이 한 묶음과 펜, 잉크병, 그리고 압지 한 장을 거실의 조그만 탁자로 가져갔고, 혹시 아내에게 물어봐야 할 경우를 대비해 방문을 열어 놓았다.

"오늘이 며칠이오?"

"10월 27일이에요."

대령은 모범생 자세로 글을 썼다. 학교에서 배운 대로 펜을 든 손을 압지에 놓고, 숨쉬기가 수월하도록 척추를 꼿꼿이 세웠다. 굳게 닫힌 거실은 참기 힘들 정도로 더워졌다. 땀 한 방울이 편지 위에 떨어졌다. 대령은 압지로 땀방울을 거두어 냈다. 그러고서 번진 단어를 긁어내려 했지만 얼룩지게 만들고 말았다. 대령은 좌절하지 않았다. 그는 별표를 하고서 여백에 '취득한 권리'라고 적었다. 그러고는 그 대목 전체를 읽었다.

"내가 수혜자 명부에 포함된 게 언제요?"

아내는 기도를 멈추지 않은 채 생각했다.

"1949년 8월 12일이에요."

잠시 후 비가 내리기 시작했다. 대령은 삐뚤삐뚤한 글씨로 한 장을 채웠다. 마나우레[5] 공립 학교에서 가르친 대로 약간 앳되고 커다란 글씨였다. 그렇게 둘째 장을 중간까지 채우고 서명했다.

아내에게 편지를 읽어 주었다. 아내는 고개를 끄덕이며 각각의 구절에 동의했다. 읽기를 마치자 대령은 봉투를 봉하고 등잔불을 껐다.

"타자기로 쳐 달라고 부탁해요."

"아니오." 대령이 대답했다. "이제 나는 부탁하러 다니는 데 지쳤소."

삼십 분 동안 대령은 종려나무 잎사귀 지붕 위로 떨어지는 빗소리를 느꼈다. 마을은 홍수에 잠겼다. 통행금지 나팔이 울린 후 다시 집 안 어딘가에서 물방울이 똑똑 떨어지는 소리가 들리기 시작했다.

"아주 오래전에 해야 했어요." 아내가 말했다. "직접 하는 게 언제나 더 낫지요."

"결코 너무 늦은 법은 없다오." 대령은 비가 새는 곳에 온 관심을 쏟으면서 대답했다. "저당 기간이 만료될 때면 아마도 다 해결될 거요."

"이 년 남았어요." 아내가 말했다.

---

5) 콜롬비아 과히라 지방에 있는 마을이며 소금 생산지로 유명하다.

대령은 등잔불을 켜고 거실에서 비가 새는 곳을 찾았다. 그 아래에 수탉의 모이통을 놓고 텅 빈 깡통으로 물이 떨어지면서 내는 쇳소리에 쫓겨 침실로 돌아왔다.

"돈을 버는 데 관심을 보이니 1월 이전에 해결될 수도 있소." 대령은 이렇게 말하고서 자기 자신도 그렇게 믿게 했다. "그때쯤이면 아구스틴이 이미 생일을 맞았을 테고, 우리는 영화관에 갈 수 있을 거요."

아내가 작은 소리로 웃었다.

"이제는 만화 영화들도 기억나지 않아요." 아내가 말했다. 대령은 모기장을 통해 아내를 보려고 했다.

"마지막으로 영화관에 간 게 언제였소?"

"1931년이에요." 아내가 말했다. "「죽은 자의 소원」[6]을 상영했어요."

"주먹질하는 장면이 있었소?"

"절대 알 수 없었어요. 유령이 여자아이의 목걸이를 훔치려고 하는 순간 소나기가 쏟아졌거든요."

부드러운 빗소리에 그들은 잠이 들었다. 대령은 배 속이 조금 거북했다. 그러나 놀라지는 않았다. 또다시 맞이한 10월을 살아서 넘길 찰나였다. 양털 담요로 몸을 감싸고는 잠시 아내가 또 다른 꿈을 향해하면서 내쉬는 거칠고도 희미한 숨소리를 느꼈다. 그는 완전히 제정신으로 말했다.

---

6) 1927년 제작된 무성 영화 「고양이와 카나리아(The Cat and the Canary)」를 1930년에 스페인어로 리메이크한 영화.

아내가 잠에서 깼다.

"누구와 말하는 거예요?"

"혼잣말하는 거요." 대령이 말했다. "마콘도 회의에서 우리는 아우렐리아노 부엔디아 대령에게 항복하지 말라고 했는데 그게 옳았다고 생각하오. 우리로 하여금 모든 것을 잃게 만든 게 바로 그것이었소."

일주일 내내 비가 내렸다. 11월 2일 대령의 뜻과 달리 아내는 꽃을 가지고 아구스틴의 무덤에 갔다. 그리고 다시 천식 발작을 안고 돌아왔다. 힘든 한 주였다. 대령이 살아남지 못할 것이라고 믿었던 10월의 네 주보다도 더 힘들었다. 의사가 환자를 보러 왔고, 방에서 이렇게 소리치며 나왔다. "이런 게 천식이라면 나는 온 마을 사람들을 매장할 준비가 되었을 겁니다." 그러나 그는 대령과 단둘이 이야기하면서 특별 식이 요법을 처방했다.

대령도 다시 병이 도졌다. 식은땀을 흘리며 변소에서 여러 시간을 고통스러워하면서 배 속의 양치류가 썩어서 조각조각 부서지는 느낌을 받았다. "겨울이야." 대령은 절망하지 않고 되뇌었다. 실제로 그걸 믿었고, 편지가 도착하는 순간에 자기가 살아 있으리라 확신했다.

이번에 가정 경제를 꾸려 가는 일은 대령의 몫이었다. 대령은 수없이 이를 악물고서 이웃 가게에 외상을 달라고 했다. "다음 주에 갚겠습니다." 이렇게 말했지만 스스로도 그게 사실인지 확신하지 못했다. "지난 금요일에 약간의 돈이 도착하기로 되어 있었거든요." 발작을 이겨 내고 모습을 드러낸 아내는 화들짝 놀라 남편을 꼼꼼하게 살폈다.

"당신, 뼈에 가죽만 붙어 있네요." 아내가 말했다.

"내 몸을 팔려고 돌보는 중이요." 대령이 말했다. "클라리넷 공장에서 이미 부탁을 받았소."

그러나 사실상 대령은 편지에 대한 희망으로 간신히 목숨을 부지했다. 잠을 이루지 못해 뼈가 쑤셨고, 탈진한 그는 자신에게 필요한 것과 수탉에게 필요한 것을 동시에 신경 쓸 수 없었다. 11월 후반에 대령은 수탉이 이틀이 지나도록 여전히 옥수수를 먹지 못하면 죽고 말 거라고 생각했다. 그러자 지난 7월 화덕 위에 걸어 놓았던 완두콩 한 줌이 떠올랐다. 콩깍지를 까서 마른 씨가 담긴 깡통을 수탉 앞에 놓아 주었다.

"이리 와요." 아내가 말했다.

"잠깐만." 대령은 수탉의 반응을 지켜보면서 대답했다. "배고픔이 최고의 음식이라오."

아내가 침대에서 일어나려고 애쓰는 것을 보았다. 황폐해진 몸은 약초 냄새를 내뿜었다. 아내는 계획적으로 정확하게 한 마디 한 마디 말했다.

"당장 수탉을 팔아 치워요."

대령은 그 순간을 이미 예견했다. 아들이 살해되고 수탉을 데리고 있기로 결심한 날 오후부터 그 말을 기다렸다. 생각할 시간은 이미 충분했다.

"이제 그럴 필요 없소." 대령이 말했다. "석 달만 있으면 투계 시합이 열릴 테고, 그러면 더 좋은 가격에 팔 수 있을 거요."

"돈 문제가 아니에요." 아내가 말했다. "아이들이 오면 저 수탉을 데려가서 마음대로 하라고 말해요."

"아구스틴 때문이오." 대령은 미리 생각해 놓았던 주장을 펼쳤다. "수탉이 이겼다고 우리에게 알리러 왔을 우리 아이의 얼굴을 생각해 보시오."

아내는 실제로 아들을 생각했다.

"저 염병할 수탉들 때문에 아이가 죽은 거예요." 아내가 소리쳤다. "1월 3일에 집에 있었다면 그 불행한 시간이 아이를 덮치지 않았을 거예요."

아내는 비쩍 마른 둘째 손가락으로 문을 가리켰다.

"난 지금 그 애가 수탉을 팔에 끼고 떠났을 때의 모습을 보고 있는 것 같아요. 아이에게 투계장에서 불행한 시간이 닥치지 않도록 조심하라 일렀고, 아이는 환하게 웃으며 말했어요. '이제 그만하세요. 오늘 저녁에 우리는 돈더미에 파묻혀 썩어 버릴 거예요.'"

아내는 몹시 피곤한 모습으로 다시 누웠다. 대령은 부드럽게 아내를 베개 쪽으로 밀었다. 그의 눈이 자신과 똑같은 눈과 마주쳤다. "움직이지 마오." 대령은 말하면서 폐 속에서 휘파람 소리를 느꼈다. 아내는 순간적인 기면 상태에 빠졌다. 눈을 감았다. 눈을 다시 떴을 때는 호흡이 훨씬 가라앉아 있었다.

"우리가 처한 상황 때문에 그런 거예요." 아내가 말했다. "우리 입에서 빵을 치우고 그것을 수탉에게 주는 건 죄예요."

대령은 침대 시트로 이마의 땀을 닦았다.

"아무도 석 달 안에는 죽지 않는다오."

"그동안 우리는 뭘 먹죠." 아내가 물었다.

"모르겠소." 대령이 말했다. "하지만 배고파 죽을 몸이었다면 벌써 죽었을 거요."

수탉은 텅 빈 깡통 앞에 완벽하게 기운을 차리고 있었다. 대령을 보자 거의 사람 같은 목쉰 소리로 독백을 하고서 고개를 뒤로 젖혔다. 대령은 수탉에게 공모의 미소를 지었다.

"삶이란 힘든 거야, 동지."

대령은 거리로 나갔다. 낮잠 자는 마을을 배회했다. 아무것도 생각하지 않았다. 심지어 자기 문제에는 해결책이 없다며 스스로 납득하려고 애쓰지도 않았다. 그는 기억에서 사라진 거리를 걸어 다니다가 기운이 다했음을 알았다. 그때야 비로소 집으로 돌아왔다. 아내가 대령이 들어오는 기척을 느끼고 방으로 불렀다.

"왜 불렀소?"

아내는 대령을 쳐다보지 않은 채 대답했다.

"시계를 팔면 돼요."

대령은 그걸 생각했었다.

"난 알바로가 당장에 당신에게 40페소를 줄 거라고 확신해요." 아내가 말했다. "그가 얼마나 후한 가격에 재봉틀을 샀는지 생각해 봐요."

아내가 말하는 사람은 아구스틴이 일한 양복점 주인이었다.

"내일 아침에 그에게 말할 수 있을 거요." 대령은 마지못해 말했다.

"내일 아침에 말하겠다는 말 따위는 그만둬요." 아내가 요구했다. "지금 당장 시계를 가져가서 재단 테이블에 올려놓고 말해요. '알바로, 이 시계를 가져왔으니 좀 사 주게나.' 그럼 바로 알아들을 거예요."

대령은 비참했다.

"이건 성묘를 짊어지고 가는 것이나 마찬가지요." 대령은 투덜댔다. "사람들이 거리에서 그 유리 진열장을 가지고 가는 내 모습을 본다면 라파엘 에스칼로나[7]의 노래에 등장하게 될 거요."

그러나 이번에도 아내의 말에 설득당하고 말았다. 아내는 손수 시계를 떼어 신문지에 둘둘 말아 대령의 손에 쥐여 주었다. "40페소 없이는 돌아오지 말아요." 대령은 꾸러미를 겨드랑이에 끼고서 양복점으로 향했다. 문 앞에 아구스틴의 동료들이 앉아 있었다.

그들 중 하나가 의자를 내주었다. 이런저런 생각 때문에 대령은 머리가 흐려졌다. "고맙네." 대령이 말했다. "지나가는

---

7) 1926~2009. 콜롬비아의 음악가로 바예나토 음악의 가장 위대한 작곡가 중 한 사람이다. 바예나토는 즉흥적으로 가사를 넣어 부를 수 있는 콜롬비아의 민속 음악이다. 가르시아 마르케스는 술에 약했지만 이 음악을 멋지게 부르면서 파티의 흥을 돋웠다고 한다. 『백년의 고독』에도 이 음악가의 이름이 나온다. "황폐한 사창가에서 마지막까지 열려 있던 살롱 안에서 아코디언 악단 하나가 프란시스코 엘 옴브레의 비법을 물려받았던, 주교의 조카 라파엘 에스칼로나의 노래를 연주하고 있었다." 또한 『에렌디라와 매정한 할머니의 믿을 수 없이 슬픈 이야기』에서는 이렇게 말한다. "나는 두 여자(에렌디라와 할머니)가 최고의 전성기를 누리던 시절에 그들을 알게 되었다. 그들의 삶을 세세하고 꼼꼼하게 살펴볼 필요는 없었지만 오랜 세월이 지난 후, 그러니까 라파엘 에스칼로나가 자기 노래에 이 드라마의 끔찍한 종말을 폭로했을 때 나는 이 드라마를 이야기하는 게 좋을 것이라고 생각했다."

길이네." 알바로가 양복점에서 나왔다. 복도에 놓인 두 개의 버팀목에 있는 철사에 축축하게 젖은 능직 리넨 옷을 걸었다. 단단하고 마른 몸에 거칠고 사나운 눈을 지닌 젊은이였다. 그도 대령에게 앉으라고 권했다. 대령은 다시 기운이 나는 느낌이었다. 문설주에 기대고는 자리에 앉아 알바로가 협상을 제안할 수 있도록 단둘이 남게 되기를 기다렸다. 곧 그는 말없는 얼굴들에 둘러싸였다는 것을 깨달았다.

"방해하지 않겠네." 대령이 말했다.

그들은 전혀 그렇지 않다고 말했다. 한 청년이 대령을 향해 몸을 내밀었다. 그리고 들릴락 말락 한 목소리로 말했다.

"아구스틴이 썼어요."

대령은 황량한 거리를 바라보았다.

"뭐라고 말하고 있나?"

"평소와 똑같습니다."

그들은 대령에게 비밀 전단지를 건넸다. 대령은 그것을 바지 주머니에 넣었다. 그리고 꾸러미 위를 아무 말 없이 톡톡 쳤다. 누군가가 그걸 눈치챘다. 대령은 마음을 졸이며 멈추었다.

"뭘 가지고 다니는 겁니까, 대령님?"

대령은 헤르만의 예리한 초록색 눈을 피했다.

"아무것도 아니네." 그는 거짓말을 했다. "독일인에게 수리를 맡기려고 시계를 가져가는 중이네."

"그럴 필요 없어요." 헤르만은 이렇게 말하면서 꾸러미를 빼앗으려고 했다. "기다리세요. 제가 한번 봐 드릴게요."

대령은 망설였다. 아무 말도 하지 않았지만 눈꺼풀은 자줏

빛이 되었다. 다른 사람들이 그러라고 성화를 부렸다.

"한번 보라고 하세요. 헤르만은 기계에 대해 잘 알아요."

"괜히 폐를 끼치고 싶지 않아서 그런다네."

"폐는 무슨 폐예요? 괜찮습니다." 헤르만은 굽히지 않았다. 그는 시계를 잡았다. "그 독일인은 대령님한테 10페소를 빼앗아 가고도 지금 그대로 놔둘 겁니다."

대령은 시계를 들고 양복점으로 들어갔다. 알바로는 재봉틀로 박음질을 하는 중이었다. 안쪽에는 못에 걸어 놓은 기타 아래서 여자아이 하나가 단추를 달고 있었다. 기타에 '정치 이야기 금지'라는 경고문이 붙었다. 대령은 자기 몸이 그곳에 반드시 있어야 하는 것은 아니라고 느꼈다. 그는 걸상의 가로대에 발을 올렸다.

"엿 같습니다, 대령님."

대령은 화들짝 놀랐다.

"욕지거리는 빼게."

알폰소는 안경을 코 위에 제대로 쓰고는 대령의 발목 구두를 유심히 살폈다.

"구두 때문입니다." 알폰소가 말했다. "염병할 새 구두를 오늘 처음 신으셨군요."

"그나저나 상소리 빼고도 말할 수 있네." 대령이 말했다. 그리고 에나멜 구두의 밑창을 보여 주었다. "이 괴물은 마흔 살이나 먹었는데 욕을 듣는 건 처음이네."

"이제 됐습니다." 헤르만이 안쪽에서 소리쳤고, 동시에 시계의 괘종이 울렸다. 옆집에서 여자가 칸막이벽을 두드리며 외쳤다.

"그 기타 좀 그냥 놔둬요. 아구스틴이 죽은 지 일 년도 안 지 났단 말이에요."

폭소가 터졌다.

"이건 시계예요."

헤르만이 꾸러미를 들고 나왔다.

"아무것도 아니었어요." 그가 말했다. "괜찮으시면 제가 집에 함께 가서 똑바로 걸어 드릴게요."

대령은 제안을 거절했다.

"얼마지?"

"걱정 마세요, 대령님." 헤르만은 친구들 사이에 있는 자기 자리에 앉으며 대답했다. "1월에 수탉이 갚을 겁니다."

그때 대령은 그토록 찾던 기회라는 것을 알았다.

"한 가지 제안하지." 대령이 말했다.

"뭔가요?"

"수탉을 자네에게 주겠네." 대령은 빙 둘러앉은 얼굴들을 살폈다. "여러분 모두에게 수탉을 주겠네."

헤르만은 당황한 표정으로 대령을 쳐다보았다.

"난 그런 일을 하기에 너무 늙었어." 대령은 계속 말했다. 목소리에 설득력 있는 고통을 새겼다. "나한테는 너무 무거운 책임이네. 며칠 전부터 그 동물이 죽어 가고 있다는 인상을 받았네."

"걱정 마십시오, 대령님." 알폰소가 말했다. "지금 수탉이 털갈이를 하기 때문에 그런 겁니다. 깃촉에 열이 있지요."

"다음 달이면 괜찮아질 겁니다." 헤르만이 거들었다.

"어쨌든 난 수탉을 데리고 있고 싶지 않네." 대령이 말했다.

헤르만의 눈동자가 뚫어지게 쳐다보았다.

"지금 상황이 어떤지 아셔야 합니다." 헤르만은 굽히지 않았다. "중요한 사실은 대령님이 아구스틴의 수탉을 투계장에 들여놓을 사람이라는 겁니다."

대령은 그것을 생각했다. "나도 아네." 그가 말했다. "그래서 지금까지 데리고 있었던 거네." 그는 이를 악물었다. 더 말할 기운이 있다고 느꼈다.

"문제는 아직 세 달이나 남았다는 거네."

그 말뜻을 알아들은 사람은 헤르만이었다.

"그런 거라면 아무 문제 없습니다." 그가 말했다.

헤르만은 해결 방안을 제시했다. 다른 사람들도 받아들였다. 해가 질 무렵 대령이 꾸러미를 겨드랑이에 끼고 집으로 돌아오자 아내는 실망했다.

"한 푼도 못 받았어요." 아내가 물었다.

"그렇소, 한 푼도." 대령이 대답했다. "하지만 이제는 괜찮소. 아이들이 책임지고 수탉을 먹일 거요."

"기다려요, 우산을 빌려줄게요, 콤파드레."

사바스 씨는 사무실 벽에 박힌 벽장을 열었다. 둘둘 말린 승마용 부츠, 등자와 등자 끈, 승마 박차로 가득한 알루미늄 통으로 내부는 엉망진창이었다. 벽장 상단에 우산과 여성용 양산이 걸려 있었다. 대령은 재앙의 부스러기를 생각했다.

"고마워요, 콤파드레." 대령은 창문에 팔을 괴고 말했다. "날씨가 개기를 기다리고 싶군요."

사바스 씨는 벽장문을 닫지 않았다. 그는 선풍기 바람이 미치는 책상에 자리를 잡았다. 그리고 서랍에서 솜으로 싼 피하주사기 하나를 꺼냈다. 대령은 빗물 사이로 납빛의 편도 나무를 유심히 쳐다보았다. 아무도 보이지 않는 황량한 오후였다.

"이 창문에서 보니 비가 다르군요." 대령이 말했다. "마치 다른 마을에 비가 내리는 것 같아요."

"어디에 있든 비는 비지요." 사바스 씨가 대답했다. 그는 책상 유리 덮개 위에서 주사기를 삶기 시작했다. "엿 같은 마을이지요."

대령은 어깨를 으쓱해 보였다. 그리고 사무실 안쪽으로 걸어갔다. 사무실은 원색의 천으로 누빈 가구들을 갖추고 초록색 타일이 깔렸다. 안쪽에 소금 자루, 동물 가죽, 말안장이 어지럽게 쌓여 있었다. 사바스가 완전히 멍한 눈으로 대령을 주시했다.

"내가 사바스 씨의 입장이라면 그렇게 생각하지는 않을 겁니다." 대령이 말했다.

대령은 다리를 꼬고 앉았다. 차분한 시선은 책상 위에 몸을 숙인 남자에게 고정되어 있었다. 작고 통통했으며, 살이 흐늘흐늘했고, 눈에는 두꺼비의 슬픔이 배었다.

"의사를 보러 가야 해요, 콤파드레." 사바스 씨가 말했다. "당신은 장례를 치른 날부터 슬픔에 잠겨 있는 것 같아요."

대령은 고개를 들었다.

"내 몸은 아주 멀쩡해요." 대령이 말했다.

사바스 씨는 주사기가 끓기를 기다렸다. "나도 그런 말을 할 수 있다면 좋겠구려." 그가 슬퍼했다. "구리 등자도 먹어치울 당신은 복 받은 사람입니다." 그는 회갈색의 반점이 점점이 박히고 털이 북슬북슬한 자기 손등을 쳐다보았다. 검은 보석이 박힌 두툼한 결혼반지를 끼고 있었다.

"그래요." 대령이 수긍했다.

사바스 씨는 사무실과 나머지 집 전체를 연결하는 문으로 아내를 불렀다. 그러고는 자신의 식이 요법에 관해 고통스럽게 설명하기 시작했다. 셔츠 주머니에서 조그만 약통을 꺼내 책상 위에 강낭콩만 한 하얀 알약을 올려놓았다.

"어디를 가든 이걸 지니고 다녀야 한다는 것은 고문이지요." 그가 말했다. "마치 주머니에 죽음을 넣고 다니는 것이나 마찬가지거든요."

대령은 책상으로 다가갔다. 손바닥에 알약을 올리고 살펴보았다. 사바스 씨는 약을 맛보라고 권했다.

"커피를 달콤하게 만들어 주지요." 그는 대령에게 설명했다. "설탕이지만 설탕은 들어 있지 않아요."

"물론 그렇겠지요." 대령은 말했고, 그의 침은 슬픈 단맛으로 가득 찼다. "이건 종을 울리는 것 같지만 종이 없는 것과 같군요."

아내가 주사를 놓은 후 사바스 씨는 양손으로 얼굴을 감싸고 책상에 팔꿈치를 괴었다. 대령은 자기 몸을 어떻게 해야 할지 몰랐다. 여자는 선풍기의 플러그를 뽑아서 철제 금고 위에 올려 두고는 벽장으로 향했다.

"우산은 죽음과 관련이 있어요." 그녀가 말했다.

대령은 그 말에 귀를 기울이지 않았다. 편지를 기다리려는 목적으로 4시에 집을 나왔는데 비가 오는 바람에 사바스 씨의 사무실에서 몸을 피해야 했다. 조그만 배의 뱃고동이 울렸을 때도 비는 계속 내리고 있었다.

"모든 사람들이 죽음의 신은 여자라고 해요." 여자는 계속 말했다. 뚱뚱했고, 남편보다 더 컸으며, 윗입술의 커다란 점에

털이 나 있었다. 말하는 태도는 윙윙거리는 선풍기를 떠올리게 했다. "하지만 나는 여자일 거라고 생각하지 않아요." 그녀는 벽장을 닫고 대령의 시선을 다시 주의 깊게 바라보았다.

"나는 발굽 달린 동물이라고 생각해요."

"그럴 수도 있지요." 대령이 수긍했다. "종종 아주 이상하기 그지없는 일들이 일어나니까요."

대령은 비닐 우비를 입고 소형 선박으로 뛰어내리는 우체국장을 생각했다. 변호사를 바꾼 지 한 달이 지났다. 답장을 기다릴 권리가 있었다. 계속해서 죽음에 관해 말하던 사바스 씨의 아내는 대령이 멍한 표정을 짓고 있는 것을 눈치챘다.

"콤파드레." 그녀가 말했다. "무언가 걱정거리가 있군요."

대령은 정신을 차렸다.

"그래요, 코마드레."[8] 그는 거짓말을 했다. "벌써 5시인데 아직 수탉에게 주사를 놓지 않았다는 걸 생각하고 있었어요."

여자는 당황한 기색이 역력했다.

"사람처럼 수탉에게 주사를 놓는다고요?" 그녀는 소리쳤다. "이건 천벌을 받을 일이에요."

사바스 씨는 더 이상 참지 못하고 상기된 얼굴을 들었다.

"잠시라도 입 좀 다물어요." 사바스 씨가 아내에게 명령했다. 그녀는 정말로 양손을 입으로 가져갔다. "당신은 지금 삼십 분 동안이나 바보 같은 소리를 지껄이면서 내 콤파드레를

---

8) 아이의 아버지와 대모의 관계를 일컫는 말. 나이 든 여자를 친근하게 부를 때도 자주 사용한다.

못살게 굴고 있어요."

"절대로 그렇지 않아요." 대령이 단언했다.

여자는 문을 쾅 닫아 버렸다. 사바스 씨는 라벤더 향내를 가득 머금은 손수건으로 목의 땀을 닦았다. 대령은 창문으로 다가갔다. 한 치의 자비도 없이 줄기차게 비가 내렸다. 다리가 길고 노란 암탉 한 마리가 아무도 없는 광장을 가로질렀다.

"수탉한테 주사를 놓는다는 게 사실인가요?"

"사실입니다." 대령이 말했다. "다음 주에 연습 시합이 시작되거든요."

"분별없는 행동이에요." 사바스 씨가 말했다. "당신은 그런 일에 적당하지 않아요."

"나도 동의해요." 대령이 말했다. "하지만 그건 수탉의 목을 비틀어 버릴 이유가 못 돼요."

"똥고집 부리지 말아요." 사바스 씨는 이렇게 말하면서 창문으로 다가갔다. 대령은 풀무 같은 숨소리를 느꼈다. 콤파드레는 그를 불쌍해하는 눈빛이었다.

"내 충고를 따르도록 해요, 콤파드레." 사바스 씨가 말했다. "너무 늦기 전에 수탉을 팔아요."

"어떤 것도 결코 늦은 법은 없지요." 대령이 말했다.

"현실적이 되어야 해요." 사바스 씨는 강력하게 주장했다. "이건 꿩 먹고 알 먹는 거래예요. 골칫거리를 제거하면서 동시에 900페소를 주머니에 넣을 수 있어요."

"900페소!" 대령이 소리쳤다.

"900페소지요."

대령은 그 액수를 마음속으로 그려 보았다.

"수탉 값으로 그 엄청난 돈을 줄 거라고 생각합니까?"

"생각하거나 추측하는 게 아니에요." 사바스 씨가 대답했다. "나는 절대적으로 확신해요."

혁명 기금을 반환한 후 대령이 머릿속으로 생각했던 액수 중에서 가장 컸다. 사바스 씨의 사무실에서 나왔을 때 배 속의 창자가 심하게 꼬이는 느낌이었는데 이번에는 날씨 탓이 아니라는 걸 알았다. 우체국에서 그는 곧장 우체국장에게 발길을 옮겼다.

"아주 급한 편지를 기다리고 있소." 대령이 말했다. "항공 우편이오."

우체국장은 분류함에서 편지를 찾았다. 편지 겉봉을 읽고 나서 해당 글자가 적힌 우편함에 다시 넣고는 아무 말도 하지 않았다. 손바닥을 털더니 대령에게 의미심장한 시선을 보냈다.

"분명히 오늘 내게 도착해야만 하는 편지라오." 대령이 말했다.

우체국장은 어깨를 으쓱해 보였다.

"분명하고 확실하게 도착하는 유일한 것은 죽음뿐입니다, 대령님."

아내는 옥수수 죽을 준비해 놓고 대령을 맞이했다. 대령은 아무 말 없이 한 숟가락씩 띄엄띄엄 먹으면서 생각했다. 앞에 앉은 아내는 이내 집안에서 무언가가 바뀌었다는 것을 알아챘다.

"무슨 일이에요." 아내가 물었다.

"연금을 좌지우지하는 직원을 생각하고 있소." 대령은 거짓말을 했다. "오십 년 내로 우리는 땅 밑에 편안히 있게 될 거요. 그동안 그 불쌍한 직원은 자기 연금을 기다리면서 금요일마다 고통스러워하겠지."

"불길한 징조군요." 아내가 말했다. "그건 이제 당신이 포기하기 시작한다는 뜻이에요."

아내는 옥수수 죽을 먹었다. 그러나 잠시 후 남편이 계속 멍한 상태인 것을 눈치챘다.

"지금 당신이 해야 할 일은 옥수수 죽을 즐기는 거예요."

"아주 맛있소." 대령이 말했다. "어디서 난 거요?"

"수탉한테요." 아내가 대답했다. "아이들이 옥수수를 너무 많이 가져오는 바람에 수탉이 우리와 함께 나누어 먹기로 했어요. 이런 게 인생이에요."

"그렇지." 대령이 한숨을 내쉬었다. "인생이란 지금껏 발명된 것들 중에서 최고라오."

대령은 화덕 다리에 묶인 수탉을 쳐다보았다. 이번에는 다른 동물처럼 보였다. 아내도 수탉을 바라보았다.

"오늘 오후에 막대기로 애들을 쫓아내야 했어요." 아내가 말했다. "늙은 암탉을 가져와서 수탉과 교미시키려고 들었어요."

"처음은 아니오." 대령이 말했다. "여러 마을에서 아우렐리아노 부엔디아 대령에게도 똑같이 했다오. 여자아이들이 교배하려고 대령을 데려가곤 했소."

아내는 이야기를 듣고 재미있어했다. 수탉이 목쉰 소리를 냈고, 그 소리는 사람들의 무지근한 대화처럼 복도까지 다다

랐다. 아내가 말했다. "가끔씩 나는 저 동물이 말을 할 거란 생각을 해요." 대령은 고개를 돌려 수탉을 쳐다보았다.

"수탉은 현금이나 다름없소." 대령이 말했다. 옥수수 죽 한 숟가락을 조금씩 먹으면서 계산했다. "우리가 삼 년 먹고살 거리를 줄 거요."

"환상을 먹을 수는 없어요." 아내가 말했다.

"먹지는 못하지만 먹을 것은 준다오." 대령이 대답했다. "그건 우리 콤파드레인 사바스가 먹는 신통한 알약과 같소."

그날 밤 대령은 그 액수를 머릿속에서 지우려고 애쓰느라 잠을 제대로 자지 못했다. 다음 날 점심때 옥수수 죽 두 그릇을 내온 아내는 고개를 숙인 채 단 한 마디도 하지 않고 자기 몫을 먹어 치웠다. 대령은 아내의 저기압에 전염된 느낌이었다.

"무슨 일 있소?"

"아무 일도 없어요." 아내가 말했다.

대령은 이번에 아내가 거짓말할 차례라는 인상을 받았다. 아내를 위로하려고 애썼다. 하지만 아내는 고집을 꺾지 않았다.

"전혀 이상한 게 아니에요." 아내가 말했다. "나는 그 사람이 죽은 지 곧 두 달이 되어 가는데 아직도 애도의 뜻을 표하지 않았다는 생각을 하는 중이에요."

그날 밤 아내는 조문을 갔다. 대령은 죽은 사람의 집에 아내와 함께 갔고, 그런 다음 확성기에서 나오는 음악에 이끌려 영화관으로 향했다. 앙헬 신부는 사무실 문 앞에 앉아 출입구를 감시하면서 자신이 열두 번이나 경고했는데도 누가 영화를 보러 가는지 조사하고 있었다. 억수 같은 불빛과 귀청이 떨어질 듯한 음악, 아이들의 고함 소리가 그 지역에서 물리적인 저항을 하고 있었다. 한 아이가 목총으로 대령을 위협했다.

"수탉은 잘 있어요?" 명령조의 목소리였다.

대령은 양손을 들었다.

"아직 거기 있어."

4도로 칠한 영화 간판 하나가 영화관의 전면을 완전히 차지하고 있었다. 「한밤중의 성모」[9]였다. 무용복을 입고 허벅지까지 다리를 드러낸 여자였다. 대령은 주변을 배회했다. 갑자기 멀리서 천둥과 번개가 치자 아내를 데리러 돌아갔다.

아내는 죽은 사람의 집에 없었다. 집에도 돌아오지 않았다. 대령은 통행금지 시간이 얼마 남지 않았다고 생각했지만 시계는 멈춰 있었다. 폭풍이 마을로 다가오고 있다고 느끼면서 기다렸다. 집을 나서려는데 아내가 돌아왔다.

대령은 수탉을 침실로 데려갔다. 아내는 옷을 갈아입고 물을 마시러 거실로 갔다. 그때 대령은 괘종시계의 태엽을 감고 시간을 맞추기 위해 통행금지 나팔이 불기를 기다렸다.

"어디 있었소?" 대령이 물었다.

"거기에요."

아내가 쳐다보지도 않은 채 물 잔을 개수대에 놓고 침실로 갔다. "이렇게 일찍 비가 내릴 거라고는 아무도 생각지 못했어요." 대령은 아무 대꾸도 하지 않았다. 통행금지 나팔이 울리자 시계를 11시에 맞추고 유리 덮개를 닫고는 의자를 제자

---

9) 멕시코 영화감독 알레한드로 갈린도의 1942년 작품.

리에 갖다 놓았다. 아내가 로사리오 기도를 하고 있었다.

"내 질문에 대답하지 않았소."

"뭐였죠."

"어디에 있었소?"

"거기에서 이야기를 나누고 있었어요." 아내가 말했다. "너무 오랜만의 외출이었어요."

대령은 그물 침대를 걸었다. 문단속을 하고 방에 모기약을 뿌렸다. 그러고는 바닥에 등잔을 놓고 그물 침대에 누웠다.

"알겠소." 대령은 슬픈 어조로 말했다. "딱한 처지에서 가장 나쁜 것은 별수 없이 거짓말을 하게 만든다는 거요."

아내는 한숨을 길게 내쉬었다.

"앙헬 신부와 함께 있었어요." 아내가 말했다. "결혼반지를 잡힐 테니 돈을 빌려 달라고 했어요."

"당신에게 뭐라고 했소?"

"성물을 갖고 거래하는 건 죄악이라고 했어요."

아내는 모기장 안에서 계속 말을 이었다. "이틀 전에 시계를 팔려고 했어요." 아내가 말했다. "아무도 관심을 보이지 않아요. 야광 숫자판이 달린 현대식 시계를 할부로 팔거든요. 어둠 속에서도 몇 시인지 알 수 있어요." 대령은 사십 년이나 함께 배를 곯고 함께 고통을 겪으며 함께 살아왔지만 그 시간은 아내를 알기에 충분하지 않았다는 것을 확인했다. 사랑하는 가운데서도 무언가가 역시 늙어 버린 느낌이었다.

"그림도 사려고 하지 않아요." 아내가 말했다. "거의 모든 사람들이 똑같은 그림을 갖고 있어요. 터키 사람이 있는 곳까지 갔었어요."

대령은 씁쓸했다.

"그러니까 이제는 모든 사람들이 우리가 배를 곯으며 죽어 간다는 것을 알 거요."

"피곤해요." 아내가 말했다. "남자들은 집안에 무슨 문제가 있는지 알지 못해요. 나는 몇 번이나 냄비에 돌덩이를 넣고 끓 였어요. 이웃 사람들이 우리가 오랫동안 냄비에 넣을 것이 없 었다는 사실을 모르게 하기 위해서요."

대령은 몹시 기분이 상했다.

"그거야말로 진정한 치욕이오." 대령이 말했다.

아내는 모기장에서 나와 그물 침대로 왔다. "나는 이 집에 서 체면이나 격식을 끝내 버릴 준비가 되어 있어요." 목소리 가 분노로 흐려지기 시작했다. "나는 체념과 체면에 넌더리가 나요."

대령은 그대로 꼼짝도 하지 않았다.

"선거가 끝날 때마다 당신에게 약속했던 알록달록한 새들 을 이십 년이나 기다렸지만 우리에게 남은 것은 죽은 아들뿐 이에요." 아내는 멈추지 않고 말했다. "죽은 아들뿐이란 말이 에요."

대령은 이런 종류의 비난에 익숙했다.

"우리는 의무를 다했소." 대령이 말했다.

"그리고 그들은 이십 년 동안 상원에서 매달 1000페소를 버는 것으로 의무를 다했지요." 아내가 대답했다. "저기 우리 의 콤파드레인 사바스는 이층집에 사는데 돈을 넣어 둘 곳이 없어요. 마을에 도착했을 때 목덜미에 뱀을 감고서 약을 팔던 사람이지요."

"지금 당뇨로 죽어 가고 있소." 대령이 말했다.

"당신은 배를 곯아 죽어 가고 있죠." 아내가 말했다. "체면이 밥 먹여 주는 게 아니라는 사실을 당신은 깨달아야 해요."

번개가 치는 바람에 말이 끊겼다. 천둥은 거리에서 산산이 부서져 침실로 들어왔고, 흩어진 돌멩이들처럼 침대 밑을 구르며 지나갔다. 아내는 묵주를 찾기 위해 모기장으로 뛰어 올라갔다.

대령은 미소를 지었다.

"혀를 마구 놀려서 이런 일이 일어나는 거요." 대령이 말했다. "하느님은 내 동지라고 내가 항상 말했잖소."

그러나 사실 쓰라린 심정이었다. 잠시 후 대령은 등잔불을 끄고 번갯불로 찢긴 어둠 속에서 생각에 잠겼다. 마콘도를 떠올렸다. 대령은 네에를란디아의 약속이 지켜지기를 십 년 동안 기다렸다. 낮잠에 취해 몸을 가누지 못하는 상태에서 대령은 남자와 여자와 동물을 실은 먼지투성이의 누런 기차가 도착하는 것을 보았다. 그들은 더위 때문에 숨도 제대로 쉬지 못하면서 지붕까지 빼곡하게 들어차 있었다. 바나나 농장의 열병이었다. 스물네 시간도 안 되어 그들은 마을을 바꿔 버렸다. "난 떠나겠소." 대령은 말했다. "바나나 농장 냄새가 내 배 속을 갉아먹고 있소." 그리고 돌아가는 기차를 타고 마콘도를 떠났다. 1906년 6월 27일 수요일 오후 2시 18분이었다. 네에를란디아의 항복 이후 한순간도 마음 편하게 지낸 적이 없다는 사실을 깨닫기까지 반세기가 걸렸다.

눈을 떴다.

"그럼 더 이상 그걸 생각할 필요가 없소." 대령이 말했다.

"그게 뭐예요?"

"수탉 문제 말이오." 대령이 말했다. "내일 당장 콤파드레 사바스에게 900페소를 받고 수탉을 팔겠소."

사바스 씨가 외치는 소리와 뒤섞여 거세된 짐승들의 신음 소리가 창문을 통해 사무실로 파고들었다. "십 분 안에 오지 않으면 가겠어." 대령은 두 시간을 기다린 후 다짐했다. 그러나 이십 분을 더 기다렸다. 나가려고 하는데 사바스 씨가 한 무리의 일꾼들을 데리고 들어왔다. 사바스 씨는 대령에게 눈길도 주지 않은 채 여러 번 지나쳤다. 일꾼들이 나가자 비로소 대령이 있다는 사실을 알아챘다.

"나를 기다리는 거지요, 콤파드레?"

"그래요, 콤파드레." 대령이 말했다. "하지만 지금 바쁘면 나중에 다시 오지요."

사바스 씨는 문 건너편에 있어서 대령의 말을 듣지 못했다.

"곧 돌아오겠어요." 그가 말했다.

불타는 듯한 정오였다. 사무실은 거리의 햇빛이 반사되어 환하게 빛났다. 더위로 축 처진 대령은 본의 아니게 눈을 감았고, 이내 아내에 대한 꿈을 꾸기 시작했다. 사바스 씨의 아내가 까치발로 들어왔다.

"일어나지 말아요, 콤파드레." 그녀가 말했다. "블라인드를 내리려고 왔어요. 이 사무실은 지옥이거든요."

대령은 완전히 멍한 눈으로 지켜보았다. 여자는 창문에 블라인드를 내리고 어둠 속에서 말했다.

"꿈을 자주 꾸세요?"

"가끔이요." 대령은 잠들었다는 사실에 창피해하며 대답했다. "거의 항상 거미줄에 얽혀 있는 꿈을 꾸지요."

"나는 매일 밤 악몽을 꿔요." 여자가 말했다. "이제는 우리가 꿈에서 만나는 낯선 사람들이 누구인지 알아요."

여자가 선풍기의 플러그를 연결했다. "지난주에는 침대 머리에 한 여자가 나타났어요. 나는 용기를 내어 누구냐고 물었어요. 그녀는 대답했어요. 자기는 이 방에서 십이 년 전에 죽은 여자라고요."

"이 집은 지은 지 이 년이 채 안 되었어요." 대령이 말했다.

"그렇지요." 여자가 말했다. "그건 죽은 사람들조차 집을 잘못 찾아온다는 뜻이지요."

선풍기 돌아가는 소리가 어둠을 더욱 짙게 만들었다. 대령은 나른한 데다 꿈 이야기에서 곧장 환생의 미스터리로 건너뛰면서 쉴 새 없이 윙윙대는 여자에게 시달린 나머지 초조해진 느낌이었다. 그는 작별 인사를 하기 위해 그녀가 말을 쉬는 틈을 기다렸다. 그때 사바스 씨가 십장을 데리고 다시 사무실에 들어왔다.

"당신 때문에 수프를 네 번이나 데웠어요." 그의 아내가 말했다.

"괜찮다면 열 번이라도 데우도록 해요." 사바스 씨가 말했다. "그나저나 지금은 잔소리로 내 부아를 돋우지 마오."

사바스 씨는 금고 문을 열고 십장에게 일련의 지시 사항과 함께 돈다발을 하나 건넸다. 십장은 블라인드를 올리고 돈을 셌다. 사바스 씨는 사무실 안쪽에서 대령을 보았지만 아무 반응도 나타내지 않았다. 계속해서 십장과 말했다. 대령은 두 사람이 다시 사무실을 떠나려는 순간 자리에서 일어났다. 사바스 씨가 문을 열려다 걸음을 멈추었다.

"무슨 일 때문에 왔나요, 콤파드레?"

대령은 십장이 쳐다보고 있는 것을 확인했다.

"아무 일도 아니에요, 콤파드레." 대령이 말했다. "당신과 이야기하고 싶었을 뿐이라오."

"어떤 얘기인지는 모르겠지만 지금 당장 말해 봐요." 사바스 씨가 말했다. "일 분도 허비할 시간이 없으니 말이오."

그는 문손잡이에 손을 올려놓고 어중간하게 서 있었다. 대령은 자기 인생에서 가장 긴 오 초가 지나가는 느낌이었다. 이를 악물었다.

"수탉 문제 때문이지요." 대령은 중얼거렸다.

그때 사바스 씨는 막 문을 열었다. "수탉 문제라……." 그는 웃으면서 그 말을 되풀이하고 십장을 복도로 떠밀었다. "세상이 망해 가는데 나의 콤파드레는 수탉에만 관심을 쏟는군요."

그러고서 대령을 쳐다보았다.

"잘 알았습니다, 콤파드레. 금방 돌아오지요."

대령은 사무실 한복판에 움직이지 않고 서 있었다. 복도 끝에서 두 사람의 발소리가 들렸다. 사무실에서 나와 일요일의 낮잠을 자느라 마비된 마을을 걸었다. 양복점에는 아무도 없었다. 의사 진료실은 닫혀 있었다. 시리아 사람들의 가게에 진열된 물건들을 지키는 사람도 없었다. 강물은 강철 빛을 띠었다. 항구에는 한 남자가 네 개의 석유 드럼통 위에 잠들어 있었다. 햇빛 때문에 모자로 얼굴을 가렸다. 대령은 자신이 마을에서 움직이는 유일한 존재라고 확신하며 집으로 발길을 옮겼다.

아내는 점심을 푸짐하게 차려 놓고 기다리고 있었다.

"내일 아침 일찍 갚겠다고 약속하고서 외상으로 가져왔어요." 아내가 설명했다.

점심 식사를 하면서 대령은 최근 세 시간 동안 있었던 일을 이야기했다. 아내는 초조한 표정으로 이야기를 들었다.

"문제는 당신이 강단 있게 행동하지 못한다는 거예요." 마침내 아내가 말했다. "당신은 동냥을 달라는 것 같은 태도를 보여요. 그럴 때는 고개를 빳빳이 들고 우리 콤파드레를 따로 불러내서 이렇게 말해야 해요. '콤파드레, 당신에게 수탉을 팔기로 결심했어요.'"

"그렇게 인생은 일진의 질풍과 같소." 대령이 말했다.

아내는 기운이 넘치는 듯했다. 그날 아침에 집을 말끔히 정리했고, 여느 때와 다르게 옷을 입었다. 남편의 낡은 구두를 신고, 비닐 앞치마를 두르고, 매듭이 있는 천 조각을 양쪽 귀에 걸고 머리를 묶었다.

"당신에게는 사업 감각이 전혀 없어요. 무언가를 팔려면 사려는 때와 똑같은 얼굴을 해야 해요."

대령은 아내의 모습에서 무언가 재미있는 걸 발견했다.

"지금 그대로 가만히 있어요." 대령은 웃으면서 아내의 말을 가로막았다. "당신은 흡사 '퀘이커 오트밀' 상자에 그려진 사람 같소."

아내는 머리에서 천을 떼어 냈다.

"난 심각해요." 아내가 말했다. "지금 당장 수탉을 콤파드레에게 가져가겠어요. 삼십 분 내에 900페소를 갖고 돌아온다는 데 당신이 원하는 대로 내기를 걸어도 좋아요."

"너무 큰 액수라 흥분한 모양이오." 대령이 말했다. "당신은 벌써 수탉을 팔아 번 돈으로 내기를 걸고 있소."

아내를 만류하기가 몹시 힘들었다. 아내는 금요일의 고통 없이 삼 년을 보내기 위해 마음속으로 계획을 짜면서 오전을 보냈다. 그러고는 900페소를 받기 위해 집을 정돈했다. 부족한 생활필수품들이 무엇인지 목록을 작성했으며, 대령의 새 구두를 한 켤레 사야 한다는 것도 잊지 않았다. 침실에는 거울 놓을 자리를 마련했다. 자신의 계획이 순간적으로 좌절되자 창피와 분노가 뒤섞인 혼란스러운 느낌을 받았다.

아내는 짧게 낮잠을 잤다. 자리에서 일어났을 때 대령은 마당에 앉아 있었다.

"지금 뭐 해요." 아내가 물었다.

"생각하고 있소." 대령이 말했다.

"그렇다면 문제는 해결되었네요. 오십 년은 지나야 그 돈을 기대할 수 있겠어요."

그러나 사실 대령은 이미 그날 오후에 수탉을 팔기로 결심한 상태였다. 사무실의 선풍기 앞에 혼자 서서 매일 주사를 맞기 위해 준비하는 사바스 씨를 생각했다. 이미 어떻게 대답할지 준비해 두었다.

"수탉을 가져가요." 대령이 나가는 모습을 보고 아내가 권했다. "직접 보여 주고 얘기하면 기적이 일어날지도 몰라요."

대령은 싫다고 했다. 아내는 화를 내면서도 걱정스러운 마음으로 대문까지 쫓아 나왔다.

"군대가 그의 사무실에 있더라도 상관없어요." 아내가 말했다. "그 사람 팔을 움켜잡고 당신에게 900페소를 줄 때까지 꼼짝 못 하게 해요."

"아마 우리가 공습을 준비한다고 생각하게 될 거요."

아내는 대령의 말에 귀 기울이지 않았다.

"당신이 수탉 주인이라는 사실을 기억하도록 해요." 아내는 굽히지 않았다. "선심을 쓰는 사람은 바로 당신이에요."

"알았소."

사바스 씨는 의사와 함께 침실에 있었다.

"지금 이 기회를 이용해요." 그의 아내가 말했다. "오늘 농장으로 여행을 떠나 목요일이나 되어야 돌아와요. 그래서 의사가 검사하고 있는 거예요."

대령은 상반된 두 반대 세력 사이에서 몸부림쳤다. 비록 수닭을 팔겠다고 결심했지만 한 시간 늦게 와서 사바스 씨를 만나지 않았으면 좋았을 것이라고 생각했다.

"기다려도 괜찮아요." 대령이 말했다.

하지만 사바스 씨의 아내가 고집을 부렸다. 대령을 침실로 이끌었다. 남편은 팬티만 입고 생기 없는 눈을 의사에게 고정한 채 으리으리한 침대에 앉아 있었다. 대령은 기다렸다. 의사가 환자의 오줌이 담긴 유리관을 데워 수증기 냄새를 맡더니 사바스 씨에게 좋다는 신호를 보냈다.

"총살에 처해야만 할 것 같군요." 의사가 대령을 향해 말했다. "당뇨는 부자들을 죽이기에 너무 더뎌요."

"이미 당신은 그 염병할 인슐린 주사로 할 수 있는 모든 걸 했소." 사바스 씨는 이렇게 말하고서 흐늘흐늘한 엉덩이를 움찔거렸다. "그렇지만 나는 그런 것에 쓰러질 정도로 만만한 사람이 아니라오." 그러고서 대령을 보며 말했다.

"자, 이리 와요, 콤파드레. 오늘 오후에 당신을 찾으러 나갔지만 모자조차 볼 수 없었다오."

"난 모자를 쓰지 않아요. 그러니 어떤 사람 앞에서도 모자를 벗을 필요가 없지요."

사바스 씨는 옷을 입기 시작했다. 의사는 채혈한 혈액이 든 유리관을 재킷 주머니에 넣고 왕진 가방을 정리했다. 대령은 의사가 곧 작별할 것이라고 생각했다.

"내가 당신이라면 내 콤파드레에게 10만 페소짜리 청구서를 보낼 거요." 대령이 말했다. "그러면 그리 바쁘게 살지 않아도 될 거요."

"이미 사업을 하나 제안했어요. 100만 페소짜리지요." 의사가 말했다. "당뇨병에는 가난이 최고의 약입니다."

"그런 처방을 해 줘서 고맙소." 사바스 씨는 말하면서 불룩한 배를 승마 바지에 넣으려고 애썼다. "당신이 부자가 되는 재앙을 피하도록 그 제안을 받아들이지 않겠소." 의사는 왕진 가방의 크롬 도금된 자물쇠에 비친 자기 이빨을 들여다보았다. 그리고 초조한 기색 없이 시계를 보았다. 사바스 씨는 장화를 신으려다가 갑작스럽게 대령을 쳐다보았다.

"그건 그렇고 콤파드레, 수탉에게 무슨 일이 있다는 거죠?"

대령은 의사 역시 초조하게 대답을 기다리고 있는 것을 눈치챘다. 이를 악물었다.

"아무 일도 없어요." 대령은 중얼거렸다. "당신에게 팔려고 왔어요."

사바스 씨는 장화 신는 일을 마쳤다.

"좋아요, 콤파드레." 그는 아무 감정도 드러내지 않고 말했다. "당신이 할 수 있었던 것 중에서 가장 현명한 생각 같군요."

"이런 골치 아픈 일을 하기에 나는 너무 늙었어요." 대령은 의사의 헤아릴 수 없는 표정 앞에서 이렇게 핑계를 댔다. "스무 살만 젊었어도 전혀 달랐을 거예요."

"당신은 언제나 스무 살 젊은 나이일 겁니다." 의사가 대답했다.

대령은 호흡을 가다듬었다. 사바스 씨가 더 말하기를 기다렸지만 그는 그러지 않았다. 사바스 씨는 지퍼가 달린 가죽 재킷을 입고 침실에서 나갈 준비를 했다.

"괜찮다면 다음 주에 이야기하는 게 좋겠어요, 콤파드레."
대령이 말했다.

"나도 그러자고 말하려던 참이에요." 사바스 씨가 말했다.
"손님이 한 명 있는데 아마 당신에게 400페소는 줄 겁니다. 하지만 목요일까지 기다려야 해요."

"얼마라고요?" 의사가 물었다.

"400페소라오."

"그것보다 훨씬 더 나간다는 말을 들었습니다." 의사가 말했다.

"내게는 900페소라고 했어요." 대령은 의사의 당황해하는 표정에 힘입어 말했다. "이 지방에서 최고의 수탉이지요."

사바스 씨는 의사에게 대답했다.

"다른 시절이었다면 누구라도 1000페소는 주었을 거요."
그가 설명했다. "하지만 지금은 아무도 훌륭한 수탉을 풀어놓으려고 하지 않아요. 투계장에서 총에 맞아 죽어 나올 위험이 상존하기 때문이지요." 그는 억지로 실망한 표정을 지으며 대령을 향해 고개를 돌렸다.

"이게 바로 내가 당신에게 하려던 말이었다오, 콤파드레."

대령은 고개를 끄덕였다.

"알았어요." 대령이 말했다.

대령은 복도로 향하는 그들을 지켜보았다. 사바스 씨의 아내가 부탁하는 바람에 의사는 거실에 남았다. 그녀는 의사에게 '갑자기 오지만 그게 뭔지 모르는 그런 것들'에 대한 치료제를 요청했다. 대령은 사무실에서 기다렸다. 사바스 씨가 금고를 열어 주머니란 주머니에 모두 돈을 넣고는 대령에게 지폐 네 장을 내밀었다.

"60페소예요, 콤파드레." 그가 말했다. "수탉이 팔리면 그때 정산하지요."

대령은 의사와 함께 항구에 늘어선 가게 앞을 지나갔다. 가게들은 오후가 되어 선선해지자 다시 활기를 되찾았다. 사탕수수를 실은 거룻배가 해류를 따라 내려오고 있었다. 대령은 의사가 평소와 다르게 말이 없는 것을 눈치챘다.

"의사 선생, 괜찮소?"

의사는 어깨를 으쓱했다.

"별로입니다." 의사가 말했다. "나도 의사가 필요한 모양입니다."

"겨울이라오." 대령이 말했다. "겨울이 되면 내 배 속은 엉망이 된다오."

의사는 직업적 관심이 하나도 없는 시선으로 대령을 유심히 쳐다보았다. 그는 가게 앞에 앉아 있는 시리아 사람들에게 연이어 인사했다. 진료실 앞에서 대령이 수탉 판매에 대한 의견을 피력했다.

"달리 할 수 있는 게 없었소." 그가 설명했다. "그 동물은 인간의 살을 먹고 산다오."

"인간의 살을 먹고 사는 유일한 동물은 사바스 씨입니다." 의사가 말했다. "나는 사바스 씨가 수탉을 900페소에 되팔 거라고 확신합니다."

"그렇게 생각하시오?"

"확실합니다." 의사가 말했다. "시장과 맺은 그의 유명한 애국 협정[10]처럼 엄청난 수익을 남기는 사업이지요."

대령은 믿으려고 하지 않았다. "내 콤파드레는 자기 목숨을 구하기 위해 그 협정을 맺었소. 그래서 마을에 남을 수 있었던 거요."

"바로 그런 이유로 시장이 마을에서 쫓아낸 그 동료들의 재산을 반값에 살 수 있었지요." 의사가 대답했다. 그는 문을 두드렸다. 주머니에서 열쇠를 찾지 못했던 것이다. 그러고는 대령의 못 미더워하는 얼굴을 바라보았다.

"순진하게 생각하지 마십시오." 의사가 말했다. "사바스 씨는 자기 목숨보다 돈에 훨씬 더 관심이 많습니다."

그날 밤 대령의 아내는 쇼핑을 나갔다. 대령은 의사가 한 말을 곱씹으면서 시리아 사람들의 가게까지 아내와 함께 갔다.

"당장 아이들을 찾아 수탉이 팔렸다고 말해요." 아내가 대령에게 말했다. "아이들에게 환상을 갖게 해서는 안 돼요."

"콤파드레 사바스가 오기 전에는 수탉은 팔린 게 아니오." 대령이 대답했다.

대령은 당구장에서 룰렛 놀이를 하는 알바로를 보았다. 그곳은 일요일 밤이면 푹푹 쪘다. 음량을 최대한으로 높인 라디오의 떨리는 소리 때문에 더 더운 것 같았다. 대령은 원색의 숫자들을 보며 즐겼다. 숫자들은 기다란 검은 고무판에 그려

---

10) 애국자를 가장하는 사람들이 가상의 음모나 반란으로부터 조국을 구한다는 명분으로 맺은 협정.

져 있었고, 테이블 한가운데 상자 위에 놓인 석유등 불빛이 그 것을 비추었다. 알바로는 23에 걸고 계속 잃기만 했다. 어깨너 머로 지켜보던 대령은 아홉 번 게임하는 동안 숫자 11이 네 번 이나 나오는 것을 눈여겨보았다.

"11에 걸어." 대령은 알바로의 귓가에 속삭였다. "가장 많 이 나오는 숫자야."

알바로는 고무판을 꼼꼼하게 살폈다. 다음 게임에는 돈을 걸지 않았다. 그가 바지 주머니에서 돈과 함께 종이 한 장을 꺼냈다. 그러고는 테이블 밑으로 대령에게 건네주었다.

"아구스틴의 것입니다." 그가 말했다.

대령은 주머니에 비밀 전단을 넣었다. 알바로는 11에 많은 돈을 걸었다.

"조금만 걸고 시작해." 대령이 말했다.

"좋은 징조일지도 몰라요." 알바로가 대답했다.

옆에 있던 노름꾼 한 무리가 다른 숫자에 걸었던 돈을 치우 고 11에 걸었다. 색색의 커다란 바퀴가 이미 돌기 시작했다. 대령은 답답하고 괴로웠다. 그리고 처음으로 노름의 매력과 감동과 쓰라림을 경험했다.

5가 나왔다.

"미안하네." 대령은 부끄러워하며 말했고, 거스를 수 없는 죄책감을 느끼면서 알바로의 돈을 휩쓸어 가는 나무 갈퀴를 눈으로 쫓았다. "나와 상관없는 데 참견해서 이런 일이 일어 났네."

알바로는 쳐다보지도 않고서 빙긋이 미소 지었다.

"걱정 마세요, 대령님. 사랑을 믿어 보세요."

갑자기 맘보 음악을 연주하던 트럼펫 소리가 멈추었다. 노름꾼들은 손을 번쩍 들고 흩어졌다. 대령은 등 뒤에서 소총의 공이치기가 당겨지면서 내는 차갑고 분명한 '찰칵' 소리를 느꼈다. 주머니에 비밀 전단이 있는 상황에서 경찰의 수색 작전에 꼼짝없이 걸려들었다는 것을 알았다. 손을 들지 않고 뒤로 돌았다. 그때 아들에게 총을 쏘았던 사람을 평생 처음 가까이에서 보았다. 바로 앞에서 소총 총신으로 대령의 배를 겨냥하고 있었다. 작고, 원주민 얼굴에 까무잡잡한 피부였으며, 젖내를 풍겼다. 대령은 이를 악물고 손가락 끝으로 총신을 치웠다.

"실례하겠소."

대령은 박쥐 같은 조그맣고 둥근 눈과 마주쳤다. 순간적으로 그 눈에 삼켜지고 으깨지고 소화되고 즉시 방출되는 느낌이었다.

"지나가십시오, 대령님."

창문을 열어 12월이라는 사실을 확인할 필요는 없었다. 부엌에서 수탉의 아침 먹이를 위해 과일을 자르는 동안 그는 뼛속으로 그걸 알았다. 문을 열었고, 마당의 모습은 그의 직관을 확인시켜 주었다. 풀과 나무, 그리고 깨끗한 공기 속에 바닥에서 1밀리미터 위에 떠 있는 옥외 변소가 갖춰진 참으로 멋진 마당이었다.

아내는 9시까지 침대에 누워 있었다. 아내가 부엌에 모습을 드러냈을 때 대령은 이미 집 안을 정리하고 수탉 주위에 둥그렇게 둘러앉은 아이들과 대화를 나누는 중이었다. 아내는 화덕이 있는 곳으로 가기 위해 한 바퀴 빙 돌아야만 했다.

"얘들아, 거기서 비켜" 아내가 소리쳤다. 그러고는 짐승을 울적한 시선으로 바라보았다. "불길한 이 새가 언제나 여기에서 나갈지 모르겠어요."

대령은 수탉을 통해 아내의 기분이 어떤지 살폈다. 수탉은 악감정을 살 만한 구석이 없었다. 연습 경기를 할 준비가 되어 있었다. 털 빠진 붉그레한 목과 넓적다리, 얇게 잘린 볏, 그 동물은 야위고 무기력한 모습이었다.

"창문이나 내다보고 수탉은 잊어버리도록 해요." 대령은 아이들이 나가자 말했다. "이런 아침에는 사진을 찍고 싶은 기분이 드오."

아내는 창문을 내다보았지만 얼굴에 아무런 감정도 드러내지 않았다. "장미를 심고 싶어요." 아내가 화덕으로 되돌아오면서 말했다.

대령은 면도를 하기 위해 거울을 버팀목에 걸었다.

"장미를 심고 싶으면 심도록 해요." 그가 말했다.

그는 자기 동작을 거울의 움직임에 맞추려고 애썼다.

"돼지들이 장미를 먹어 치워요." 그녀가 말했다.

"더 잘된 일이오." 대령이 말했다. "장미로 통통해진 돼지들은 아주 맛 좋을 거요."

거울 속에서 아내를 찾았는데 표정이 그대로였다. 불빛을 받아 얼굴이 마치 화덕 같았다. 그런 사실을 눈치채지 못한 채 대령은 아내를 뚫어지게 바라보면서 손의 감촉에 의지해 면도를 계속했다. 오랫동안 해 온 습관이었다. 아내는 긴 침묵을 지키며 생각에 잠겼다.

"심고 싶지 않아요." 아내가 말했다.

"알았소." 대령이 말했다. "그럼 심지 말아요."

대령은 몸이 좋아진 느낌이었다. 12월은 배 속에 있는 꽃들을 이미 시들게 만들었다. 그날 아침 그는 새 신발을 신으려다 부아가 치밀고 말았다. 여러 번 시도한 끝에 그게 쓸모없는 노력이라는 사실을 깨닫고 에나멜 장화를 신었다. 아내는 대령이 신발을 바꾸었다는 사실을 눈치챘다.

"새것을 신지 않으면 절대 길들이지 못할 거예요." 아내가 말했다.

"그건 지체 장애인이나 신는 신발이오." 대령이 투덜댔다. "한 달 길들인 신발을 팔아야만 할 거요."

대령은 그날 오후 편지가 도착하리라는 예감에 고무되어 거리로 나섰다. 아직 작은 배들이 도착할 시간이 아니었지만 사바스 씨의 사무실에 가서 그를 기다렸다. 그러나 사바스 씨는 그날이 아니라 월요일이나 되어야 도착한다는 것을 확인했다. 그런 사고를 예측하지 못했지만 절망하지 않았다. "조만간 와야만 할 테니까." 대령은 혼잣말을 하고서 항구로 향했다. 아직 누구도 들이마시지 않은 맑고 깨끗한 공기로 이루어진 멋진 순간이었다.

"일 년 내내 12월이어야 할 거요." 대령은 시리아 사람 모이세스의 가게에 앉아 중얼거렸다. "마치 유리로 된 것 같은 기분이라오."

시리아 사람 모이세스는 대령의 생각을 거의 잊어버린 아랍어로 번역하려고 애써야만 했다. 그는 조용한 동양인으로 피부가 머리끝까지 매끄럽고 팽팽하며, 물에 빠져 죽은 사람처럼 흐느적거리면서 움직였다. 실제로 물에서 목숨을 구한 사람처럼 보였다.

"과거에는 그랬지요." 모이세스가 말했다. "지금도 똑같다면 내 나이가 팔백아흔일곱 살일 겁니다. 당신은요?"

"일흔다섯이오." 대령은 눈으로 우체국장을 좇으며 말했다. 그때야 비로소 곡마단을 보았다. 우편선 지붕에서 수많은 색색의 물건들 중 덕지덕지 기운 천막을 알아보았다. 순간적으로 우체국장에게서 눈을 떼고 다른 조그만 배에 수북이 쌓인 상자들 사이로 맹수들을 찾았다. 그러나 찾을 수 없었다.

"곡마단이오." 대령이 말했다. "십 년 만에 처음 오는 거요."

시리아 사람 모이세스는 그 정보를 확인했다. 자기 아내에게 아랍어와 스페인어를 뒤섞어 말했다. 아내가 뒷방에서 대답했다. 그는 혼잣말로 토를 달고는 대령에게 자신이 걱정하는 바를 번역해 주었다.

"고양이를 숨기세요, 대령님. 아이들이 그걸 훔쳐서 곡마단에 팔아 버려요."

대령은 우체국장을 따라갈 준비를 했다.

"맹수 곡마단이 아니오." 대령이 말했다.

"상관없어요." 시리아인이 대답했다. "곡예사들은 뼈가 부러지지 말라고 고양이를 먹어요."

대령은 항구에 늘어선 조그만 가게들을 지나 광장까지 우체국장을 좇아갔다. 그곳 투계장에서 들리는 요란한 함성에 소스라치게 놀랐다. 지나가던 사람이 그의 수탉에 대해 뭐라고 했다. 그때서야 연습 경기를 시작하기로 정해 놓은 날이라는 사실을 깨달았다.

우체국을 지나쳤다. 잠시 후 대령은 투계장의 소란스러운 분위기에 잠겨 있었다. 링 한복판에 무방비 상태로 혼자 있는 수탉을 보았다. 며느리발톱은 누더기로 싸매고 있고, 발을 떠는 것으로 보아 두려워하는 게 분명했다. 상대는 칙칙하고 창백한 수탉이었다.

대령은 어떤 감동도 경험하지 못했다. 똑같은 공격의 연속이었다. 그런데 떠들썩한 환호성 가운데서 수탉이 전광석화처럼 깃털이 펄럭이더니 발로 공격하고 목덜미를 물었다. 펜스를 친 나무 바닥에 고꾸라진 상대는 제자리에서 한 바퀴 빙돌고 다시 공격 자세로 돌아왔다. 그의 수탉은 공격하지 않았다. 상대가 공격할 때마다 물리치고는 정확하게 똑같은 자리로 되돌아왔다. 이제 수탉은 발을 떨지 않았다.

헤르만이 링을 뛰어넘더니 양손으로 수탉을 번쩍 들어 계단식 관람석의 관중에게 보여 주었다. 우레 같은 박수갈채와 함성이 터져 나왔다. 대령은 열광적인 환호와 치열한 투계 광경이 그다지 조화를 이루지 않는다는 것을 알았다. 익살극처럼 보였고, 투계들 역시 의식적이고 자발적으로 익살극을 기꺼이 수용하고 있었다.

대령은 약간 품격 떨어지는 호기심을 주체하지 못하고 원형 투계장을 살펴보았다. 흥분한 군중이 계단식 관중석을 지나 링으로 뛰어들었다. 대령은 열광적이고 초조하고 소름 끼치게 생동적인 얼굴들이 만들어 내는 혼란스러운 상태를 지켜보았다. 새로운 사람들이었다. 모두 처음 보는 마을 사람들이었다. 불길한 징조를 느낄 때처럼 대령은 기억의 지평선에서 지워져 있던 한 순간을 되살렸다. 그때 그는 펜스를 뛰어넘어 링에 몰린 군중을 헤치며 길을 트고는 헤르만의 차분한 눈을 정면으로 바라보았다. 두 사람은 눈도 깜박거리지 않으며 서로 쳐다보았다.

"안녕하세요, 대령님."

대령은 수탉을 빼앗았다. 그러고는 중얼거렸다. "잘 있었나?"그 외에는 아무 말도 하지 않았다. 수탉의 뜨겁고 강한 고동이 그를 몸서리치게 했기 때문이다. 자기 손에 그토록 생동하는 것을 한 번도 가져 본 적이 없다고 생각했다.

"집에 안 계셔서요." 헤르만이 당황한 표정으로 말했다.

또 다른 환호성이 말을 막았다. 대령은 위협을 느꼈다. 누구에게도 눈길을 주지 않은 채 박수와 함성으로 멍해져 다시 길을 열었고, 겨드랑이 아래에 수탉을 끼고 거리로 나왔다.

모든 마을 사람들, 그러니까 가난한 사람들은 학교 아이들이 뒤따르는 대령의 모습을 보러 나왔다. 목에 뱀을 둘둘 감고서 탁자 위로 올라간 거구의 흑인이 광장 한쪽 구석에서 인가받지 않은 엉터리 약을 팔았다. 항구에서 돌아오던 커다란 무리는 발길을 멈추고 약장수가 외치는 소리를 듣고 있었다. 하지만 대령이 수탉을 들고 지나가자 모든 관심이 그에게 쏠렸다. 집으로 가는 길이 그토록 길게 느껴진 적이 없었다.

대령은 후회하지 않았다. 오래전부터 마을은 지난 십 년의 역사로 황폐해져 일종의 기면 상태에 빠져 있었다. 편지를 받지 못한 또 다른 금요일이었던 그날 오후, 사람들은 깨어났다. 대령은 지나간 다른 시절을 떠올렸다. 아내와 아들과 함께 우산을 쓰고 비가 내리는데도 중단되지 않았던 어느 공연을 관람하는 자기 모습을 보았다. 꼼꼼하게 머리를 빗고 마당에서 음악에 맞추어 부채를 부치던 자기 정당의 지도자들도 기억했다. 배 속에서 고통스러운 북소리가 울려 퍼지던 기억도 거의 되살아났다.

대령은 강과 나란히 뻗은 거리를 지났고, 거기서도 오래전 선거가 치러지던 일요일에나 보았던 수많은 사람을 만났다. 사람들은 곡마단이 짐을 부리는 광경을 지켜보고 있었다. 어느 가게 안에서 여자가 수탉에 대해 외쳤다. 투계장을 가득 메운 환호성의 찌꺼기가 뒤를 따르기라도 하듯 그는 여전히 흐트러진 목소리를 들으며 생각에 잠겨 집까지 걸어갔다.

문에서 아이들을 보았다.

"모두 집으로 돌아가." 대령이 말했다. "집 안에 들어오면 가죽끈을 휘둘러 쫓아낼 거야." 그는 빗장을 걸고 곧장 부엌으로 향했다. 아내가 침대에서 숨 막혀 하며 나왔다.

"막무가내로 수탉을 데려갔어요." 아내가 소리쳤다. "나는 그 아이들에게 내가 살아 있는 한 수탉은 이 집에서 못 나간다고 했어요." 대령은 수탉을 화덕 다리에 맸다. 그리고 깡통의 물을 갈아 주니 이내 아내의 발광한 목소리가 그를 따라왔다.

"아이들은 우리 시체를 밟고서라도 데려가겠다고 했어요." 아내가 말했다. "수탉은 우리가 아니라 마을 전체의 것이라고 했어요."

수탉에게 해 줘야 할 일을 끝낸 다음에야 비로소 대령은 아내의 정신 나간 얼굴을 보았다. 자신이 죄책감이나 동정심을 전혀 느끼고 있지 않다는 사실에도 놀라지 않았다.

"잘한 일이오." 대령은 차분하게 말했다. 그런 다음 주머니를 뒤지면서 깊이를 알 수 없는 상냥한 목소리로 덧붙였다.

"수탉은 팔지 않을 거요."

아내는 침실까지 대령을 따라왔다. 그가 완전히 인간적인데도 마치 영화 스크린을 보고 있는 것처럼 파악하기 어렵다고 느꼈다. 대령은 옷장에서 지폐 한 뭉치를 꺼내 주머니에 있던 돈과 합치고는 세어 보았다. 그 돈을 옷장에 보관했다.

"저기 29페소가 있는데 콤파드레 사바스에게 돌려주어야 할 돈이오." 대령이 말했다. "나머지는 연금이 오면 갚겠소."

"오지 않으면." 아내가 물었다.

"올 거요."

"하지만 오지 않으면요."

"그럼 못 갚는 거요."

침대 밑에서 새 신발을 보았다. 대령은 판지 상자를 찾으러 벽장으로 되돌아갔고, 헝겊으로 구두 밑창을 닦아 아내가 일요일 밤에 가져왔을 때처럼 신발을 상자에 넣었다. 아내는 움직이지 않았다.

"신발을 돌려주도록 해요." 대령이 말했다. "그럼 콤파드레에게 13페소를 더 줄 수 있소."

"바꿔 주지 않을 거예요." 아내가 말했다.

"바꿔 줘야만 하오." 대령이 대답했다. "겨우 두 번 신었을 뿐이오."

"터키인들은 그런 걸 이해하지 못해요." 아내가 말했다.

"이해해야만 하오."

"이해하지 못하면."

"그럼 마음대로 하라고 해요."

그들은 저녁 식사를 하지 않은 채 잠자리에 들었다. 대령은 아내가 로사리오 기도를 마칠 때까지 기다렸다가 등잔불을 껐다. 그러나 잠을 이룰 수 없었다. 영화 검열 결과를 알리는 종소리를 들었고, 거의 동시에 통행금지 나팔 소리를 들었다. 사실 그것은 세 시간 후였다. 차가운 새벽 공기를 맞자 아내의 거친 숨소리는 고통스러워졌다. 아내가 조용하고 달래는 듯한 목소리로 말했을 때 대령은 여전히 눈을 뜬 채였다.

"깼어요."

"그렇소."

"제발 정신 좀 차려요." 아내가 말했다. "내일 콤파드레 사바스와 이야기해 봐요."

"월요일이나 되어야 온다오."

"더 잘되었네요." 아내가 말했다. "그럼 생각할 시간이 사흘이나 있는 거예요."

"아무것도 생각할 필요 없소." 대령이 대답했다.

10월의 끈적끈적한 공기가 부드럽고 시원하게 바뀌어 있었다. 대령은 물떼새의 시간표에서 12월이라는 사실을 다시 알아볼 수 있었다. 시계가 새벽 2시를 알렸을 때도 아직 대령은 잠들지 못했다. 아내 역시 깨어 있다는 것을 알았다. 그는 그물 침대에서 자세를 바꾸려고 했다.

"아직 깨어 있어요." 아내가 말했다.

"그렇소."

아내는 잠시 생각했다.

"우리는 이럴 처지가 아니에요." 아내가 말했다. "일시불로 400페소가 얼마나 커다란 돈인지 생각해 봐요."

"머지않아 연금이 도착할 거요." 대령이 말했다.

"당신은 십오 년 전부터 똑같은 소리만 하고 있어요."

"그래서 그러는 거요." 대령이 말했다. "이제는 더 오래 지체될 수 없을 거요."

아내는 입을 다물었다. 하지만 아내가 다시 입을 열었을 때 대령은 시간이 지나지 않은 듯한 느낌이었다.

"난 그 돈이 절대로 오지 않을 것 같아요." 아내가 말했다.

"도착할 거요."

"오지 않으면."

대령은 대답할 목소리를 찾지 못했다. 첫닭이 울자 현실과 마주쳤지만 대령은 다시 깊고 확실하고 죄책감 없는 꿈속으로 빠져들었다. 눈을 떴을 때는 이미 해가 하늘 한복판에 있었다. 아내는 자고 있었다. 대령은 두 시간 늦게 아침에 해야 할 일을 질서 정연하게 반복했고, 아침 식사를 하기 위해 아내를 기다렸다.

아내는 완고한 모습으로 침대에서 일어났다. 그들은 아침 인사를 하고 자리에 앉아 아무 말 없이 식사를 했다. 대령은 블랙커피를 한 잔 마시고 치즈 한 조각과 설탕 넣은 빵 하나를 먹었다. 그리고 오전 내내 양복점에서 시간을 보냈다. 1시에 집으로 돌아오니 아내가 베고니아 화분 사이에서 옷을 깁고 있었다.

"점심시간이오." 대령이 말했다.

"먹을 게 없어요." 아내가 말했다.

대령은 어깨를 으쓱해 보였다. 아이들이 부엌으로 들어오지 못하도록 마당 울타리에 난 개구멍을 막았다. 복도로 돌아왔을 때 식탁에 음식이 차려져 있었다.

점심을 먹는 동안 대령은 아내가 울지 않으려고 무진 애를 쓰는 사실을 알았다. 놀랐다. 아내의 성격을 잘 알기 때문이다. 천성적으로 강했지만 사십 년간 모진 고생으로 더욱 강인해졌다. 아들이 죽었을 때도 눈물 한 방울 흘리지 않았다.

대령은 나무라는 시선으로 아내의 눈을 뚫어져라 바라보았다. 아내는 입술을 깨물며 소매로 눈시울을 닦고서 계속 식사를 했다.

"당신은 배려심이라고는 눈곱만큼도 없는 사람이에요." 아내가 말했다.

대령은 대답하지 않았다.

"당신은 변덕쟁이에 고집쟁이고 인정머리 없는 사람이에요." 아내가 같은 말을 반복했다. 포크와 나이프를 접시 위에 엇갈려 놓았지만 미신 때문에 곧 위치를 바로잡았다. "평생 흙을 먹고 살았더니 이제는 수탉보다도 가치 없는 존재가 되었어요."

"그건 다른 문제라오." 대령이 말했다.

"같아요." 아내가 대답했다. "당신은 내가 죽어 가고 있고, 이건 질병이 아니라 죽음의 고통 때문이라는 것을 알아야 해요."

대령은 식사가 끝날 때까지 말을 하지 않았다.

"의사 선생이 수탉을 팔아서 당신 천식이 없어질 거라고 보장하면 당장 팔겠소." 대령이 말했다. "그렇지 않다면 팔지 않아요."

그날 오후 대령은 수탉을 투계장에 데려갔다. 집으로 돌아왔을 때 아내는 천식 발작을 일으키기 직전이었다. 서성거리며 복도를 오가고, 산발한 머리카락을 뒤로 넘기고는 양팔을 활짝 벌린 채 폐의 휘파람 소리 너머로 숨 쉴 공기를 찾고 있었다. 아내는 이른 밤 시간까지 그곳에 있었다. 그리고 남편에게 한마디도 없이 잠자리에 들었다.

아내는 통행금지 시간이 조금 지날 때까지 기도문을 곱씹었다. 그러자 대령은 등잔불을 끄려고 했다. 아내가 막았다.

"난 어둠 속에서 죽고 싶지 않아요." 아내가 말했다.

대령은 등잔을 바닥에 놓았다. 몹시 피곤한 느낌이었다. 모든 것을 잊고 사십사 일 동안 자다가 1월 20일 오후 3시에 투계장에서, 수탉을 풀어놓을 바로 그 순간에 깨어나고 싶은 생각이 간절했다. 그는 잠 못 이루는 아내에게 위협받고 있었다.

"항상 똑같은 소리예요." 잠시 후 아내가 말했다. "우리는 다른 사람들이 먹고살도록 배고픔을 참고 견디고 있어요. 사십년 전부터 항상 같은 이야기예요."

대령은 침묵을 지켰다. 아내는 잠시 말을 멈추더니 깨어 있느냐고 물었다. 대령은 그렇다고 대답했다. 아내가 부드럽고 유창하고 가차 없는 어조로 말을 이었다.

"모든 사람이 수탉에 걸어 돈을 벌겠지만 우리만은 그렇지 않아요. 우리는 노름에 걸 돈이 한 푼도 없는 유일한 사람들이에요."

"수탉 주인은 20퍼센트를 받을 권리가 있소."

"당신은 선거에서 등골이 부서지도록 일했고, 그래서 한자리 얻을 권리가 있었어요." 아내가 대답했다. "내전에서 목숨을 건 후 참전 용사 연금을 받을 권리도 있었어요. 이제 모두 확실하게 보장된 삶을 사는데 당신은 완전히 혼자서 배를 곯고 죽어 가요."

"난 혼자가 아니오." 대령이 말했다.

대령은 무언가 설명하려 했지만 잠에 굴복하고 말았다. 아내가 계속 또렷하지 않은 목소리로 말했다. 그러다 남편이 잠든 사실을 알아차리고는 모기장에서 나와 어둠에 잠긴 거실을 이리저리 돌아다녔다. 계속 혼잣말을 했다. 대령은 새벽에 아내를 불렀다.

거의 꺼져 버린 등잔 불빛 아래 아내가 귀신 같은 모습으로 문가에 모습을 드러냈다. 그러더니 등잔불을 끄고 모기장으로 들어갔다. 하지만 계속 말했다.

"그럼 한 가지 하도록 합시다." 대령이 아내의 말을 끊었다.

"유일하게 할 수 있는 일은 수탉을 파는 거예요." 아내가 말했다.

"시계도 팔 수 있소."

"아무도 사지 않아요."

"내일 알바로에게 40페소를 받도록 애써 보겠소."

"그만큼 주지 않을 거예요."

"그럼 그림을 팔겠소."

아내가 다시 말을 시작했고, 또다시 모기장에서 나왔다. 대령은 약초로 가득한 숨 냄새를 맡았다.

"사지 않을 거예요." 아내가 말했다.

"두고 봅시다." 대령은 최소한의 동요나 흥분도 없는 목소리로 부드럽게 말했다. "이제 그만 자요. 내일 아무것도 팔 수 없게 되면 다른 방법을 생각해 봅시다."

대령은 눈을 뜨고 있으려 했지만 잠 때문에 그 결심은 깨졌다. 그는 시간도 공간도 없는 물체의 바닥으로 떨어졌다. 그곳에서 아내의 말은 전혀 다른 뜻을 지녔다. 잠시 후 누군가 어깨를 흔들었다.

"대답해요."

대령은 그 말을 들은 게 잠자기 전이었는지, 아니면 그 후였는지 알지 못했다. 날이 밝아 오고 있었다. 창문이 일요일의 맑은 초록빛 햇살 속에서 뚜렷이 윤곽을 드러냈다. 대령은 열이 나는 느낌이었다. 눈이 알알하고 제정신을 차리기가 쉽지 않았다.

"아무것도 팔 수 없으면 어쩔 거예요." 아내가 다시 물었다.

"그렇다면 1월 20일까지 기다려야 하오." 대령이 완전히 의식을 되찾고 말했다. "그날 오후에 20퍼센트를 지불하오."

"그건 수탉이 이길 때 이야기죠." 아내가 말했다. "만일 진다면. 수탉이 질 수도 있다는 생각은 해 보지 않았어요."

"절대 질 수 없는 수탉이오."

"질 수 있다고 생각해 봐요."

"아직도 사십사 일이 남았소. 그때 생각하도록 합시다." 대령이 말했다.

아내는 절망했다.

"그동안 우리는 무엇을 먹죠." 아내는 이렇게 물으면서 대령이 입은 티셔츠의 칼라를 움켜쥐고 힘껏 흔들었다.

"말해 봐요. 우리는 뭘 먹죠."

대령은 이 순간에 이르는 데 칠십오 년의 세월이, 그가 살아온 칠십오 년의 일각일각이 필요했다. 대답하는 순간 자기 자신이 더럽혀지지 않았고 솔직하며 무적이라고 느꼈다.

"똥."

— 파리, 1957년 1월

작품 해설

1. 위대한 소설의 기구한 운명

문학 작품의 운명이 언제나 약간의 미스터리가 있고, 항상 이성적이고 합리적인 설명이 가능한 것은 아니다. 출판사가 원고를 받고 출간하면 책은 불특정 독자들을 만나게 된다. 오늘날 가브리엘 가르시아 마르케스는 유명한 작가이고, 『예고된 죽음의 연대기』 이후 초판본을 100만 부 이상 발행하는 작가였다. 『백년의 고독』이 라틴 아메리카 소설에서 전례를 찾아볼 수 없을 정도로 독자들에게 인기를 끌었기에 가능한 일이었다.

그러나 널리 인정받은 작품들만이 지속적으로 독자들의 열정을 일깨우는 것은 아니다. 가령 표지가 조악하거나 분량이 얼마 안 되어 형편없는 작품처럼 보이지만 특정 부류에서 무

조건적인 관심과 인기를 확보하는 것도 있다. 『아무도 대령에게 편지하지 않다』는 바로 이런 부류에 속한다. 콜롬비아를 비롯해 라틴 아메리카 전역의 비평가들과 작가들을 대상으로 설문 조사를 한다면 아마도 일반 독자들과 다른 평가를 내리면서 상당수가 『아무도 대령에게 편지하지 않다』를 가르시아 마르케스의 최고 작품이라고 꼽을 것이다.

『아무도 대령에게 편지하지 않다』는 『불행한 시간』의 한 일화에서 파생된 작품이지만, 이 일화가 스스로 생명력을 지니고 자라나서 완성된 걸작이 되었다. 이 소설은 1950년대의 모든 콜롬비아 소설들처럼 힘들게 빛을 보았다. 가르시아 마르케스는 1956년에 이 작품을 쓰기 시작하여 1957년 1월에 탈고했다. 작품은 1958년에 보고타에서 발행되는 문예지 《미토》에 발표되었다. 이 잡지는 그 당시 라틴 아메리카에서 출간되던 최고의 문학잡지 중 하나였지만 지식인들에게만 유통된다는 한계를 지니고 있었다. 그리고 같은 해 시사 주간지 《크로모스》의 크리스마스 특별 부록으로 재편집되어 실렸다. 《크로모스》는 《미토》와 비교가 되지 않을 정도로 많은 부수를 발행했으며 독자층도 달랐다.

이 소설의 운명은 여기서 멈춘 것처럼 보였다. 몇몇 언론에서 언급되었지만 이내 완전히 망각의 늪으로 빠졌다. 콜롬비아 신문이 일요일마다 발행하던 문학 부록이 작품에 관한 정보를 제공했어도 그 가치를 제대로 평가하는 데까지 이르지는 못했다. 이내 언론에 다른 소설들이 소개되었는데 이것들은 가르시아 마르케스의 『아무도 대령에게 편지하지 않다』와 비교될 수 없는 작품들이었다. 단지 몇몇 지식인들과 작가들만 이 작품의 열성 팬으로 남아 있었다.

이 소설은 1961년 콜롬비아의 메데인에 있는 아기레 출판사에서 단행본으로 출간되고, 이후 1963년과 1966년에도 다른 출판사에 의해 단행본으로 모습을 보였다. 그러면서 불과 1000만 부에서 2000만 부만 배포되던 시절에 점차 훌륭한 독자들을 확보하며 라틴 아메리카의 훌륭한 소설로 인정받는다. 아직 본격적인 '붐 소설'의 시대가 아니었고, 그래서 이 작품은 스스로 길을 열었다. 이는 작품의 질과 제한된 독자의 수용에 바탕을 두고 이루어졌다. 다시 말해 콜롬비아 문학과 라틴 아메리카 문학의 관점에서 평가한다면 비교적 성공을 거둔 작품이었다. 훌륭하지만 거의 알려지지 않은 소설이었던 것이다.

짧지만 위대한 이 소설은 『백년의 고독』 이후 재조명을 받으면서 그의 주요 작품 중 하나로 자리 잡았고, 지금도 그런 평가는 변함이 없다. 게다가 작가가 물질적으로도 궁핍하고 사기가 완전히 저하된 상태에서 이루어 낸 일이었다. 가르시아 마르케스는 콜롬비아에서만 조금 알려졌을 뿐 국제적으로 인정받는 작가가 아니었다. 그 당시 이 소설을 썼다는 사실을 아는 사람은 아무도 없었고, 상당 기간이 지나서야 비로소 인정을 받는다. 그럼에도 어쨌든 『아무도 대령에게 편지하지 않다』는 출간되어 존재했으며, 가르시아 마르케스는 『백년의 고독』을 쓰기 전에 이미 대작을 쓴 위대한 작가였다.

2. 작품의 내용과 구조

『아무도 대령에게 편지하지 않다』는 가르시아 마르케스의 다른 작품들처럼 장례식으로 시작한다. 『썩은 잎』과 『불행한 시간』, 『예고된 죽음의 연대기』, 『콜레라 시대의 사랑』은 실제 죽음이나 장례식으로 시작하고 『백년의 고독』과 『미로에 빠진 장군』은 죽음처럼 보이는 장면으로 시작하는데 이 소설도 예외는 아니다. 이는 죽음에서 작품을 시작하는 가르시아 마르케스 소설의 역설적 측면을 보여 준다.

이 소설은 일곱 개의 장으로 구성되며, 각 장은 분량이 대동 소이하다. 그러면서 마치 칠 일로 이루어진 한 주 동안이라는 인상을 주지만 사실 두 달이라는 기간을 다룬다. 이는 작품에서 언급된 중동의 사건에서 유추되며, 대략 1956년 10월 초부터 12월 초까지라고 볼 수 있다. 이 기간은 파리에서 가르시아 마르케스가 스페인 여배우 타치아 킨타나와 사랑에 빠졌던 시기이기도 하다.

가르시아 마르케스는 대부분의 소설이 이미지에서 영감을 얻었다고 밝힌다. 『썩은 잎』은 무언가를 기다리면서 의자에 앉아 다리를 흔들거리는 아이였다. 『아무도 대령에게 편지하지 않다』는 바랑키야의 선착장에서 무언가를 애타게 기다리는 사람을 보았던 기억에 바탕을 둔다. 그 이미지에 다른 이미지들과 영향이 덧붙는다. 하나는 연금을 기다리던 외할아버지에 대한 기억이지만, 실제 소설에 등장하는 대령은 그의 외할아버지와 다소 다르다. 가르시아 마르케스는 외할아버지처

럼 대령이었던 라파엘 에스칼로나의 아버지와 더 흡사하다고
지적한다.

그 밖에 나이 든 죄수와 애완견에 관한 비토리오 데 시카의
영화 「움베르토 D」에서 영감을 받았고, '폭력 사태'로 불리던
콜롬비아의 정치 상황도 밀접하게 연관되었다. 또한 가르시
아 마르케스는 이 소설이 언론사에서 일하며 배운 정확하고
간결하고 직접적인 문체를 구사한다고 밝힌다.

이 소설은 대령과 아내, 대령의 친구인지 아닌지 모호한 사
바스, 대령 내외를 다정하게 대하는 의사, 아들 아구스틴의 세
친구, 싸움닭을 중심으로 서술된다. 군인 시장과 마을 신부 앙
헬은 간단하게만 언급된다. 일흔다섯 살의 대령과 만성 천식
환자인 아내는 콜롬비아 북부 지방에 있는 외딴 강변 마을에
서 가난과 맞서 싸운다. 대령은 오십여 년 전에 일어난 천일
전쟁에서 비민주적이고 탄압적인 보수당 정권에 대항해 자유
당 군인으로 싸운 사람이다. 그는 정부가 전쟁의 생존자들에
게 약속했던 연금 소식이 도착하기를 기다린다. 그래서 금요
일마다 우체국에 가서 편지가 도착했는지 살펴보지만 연금
수급과 관련된 편지는 한 번도 받지 못했다. 이 작품은 이렇게
말한다. "마지막 내전이 끝난 이후 오십육 년 동안 대령은 기
다리는 일 이외에는 아무것도 하지 않았다. 대령에게 도착하
는 몇 개 안 되는 것들 중 하나가 10월이었다."

여기서 작품의 제목이 유래한다. 스페인어에서 '기다리다'
와 '희망하다'는 'esperar'라는 동사로 동일하게 표현된다. 물
론 여기서 기다림은 저개발 국가 사람들의 운명이지 대령 같

은 고위급 군인에게 일어날 일은 아니다. 우체국장은 말한다. "분명하고 확실하게 도착하는 유일한 것은 죽음뿐입니다, 대령님." 그러나 구대륙에서 일어난 수에즈 운하 전쟁 혹은 제2차 중동 전쟁이 신문의 머리기사를 장식하듯이 무력 충돌은 이 작고 머나먼 마을에서도 낯선 일이 아니다. 계엄령이 내리고 마을은 두려움과 공포로 가득하다. 언제라도 폭력이 일어날 수 있는 분위기다.

실제로 대령의 외아들 아구스틴, 그러니까 노부부의 생계를 책임지던 이 재단사는 반정부 비밀 행동에 연루되어 구 개월 전에 군인에게 살해되었다. 그래서 대령의 아내는 "우리는 우리 아들의 고아예요."라고 말한다. 아구스틴이 죽고 나서 대령과 아내의 경제 상황은 갈수록 악화되지만 그들은 여전히 필사적으로 그렇지 않은 것처럼 보이려고 노력한다.

이 소설에는 잠에서 깨는 장면과 침대로 가서 잠드는 장면이 유달리 많이 등장하며, 날씨에 관한 이야기도 많다. 그래서 각 장이 아침과 저녁으로 구분되어 서술되면서 두 부분으로 나뉠 것처럼 보이지만 결코 이런 유형을 따르지는 않는다. 오히려 작중 인물들이 잠들고 깨어나는 일상적 현실은 도덕적 억압을 암시하는 위협적인 교회의 종소리와 정치 탄압을 보여 주는 통행금지 나팔 소리와 대립된다.

이분법적 구조는 소설의 중간 지점, 즉 네 번째 장의 중간에서 명확하게 나타난다. 여기서 아내의 병과 생활비 문제는 돌이킬 수 없는 위기에 빠져들고, 아내와 대령은 심한 말다툼을 벌인다. 아내는 싸움닭을 팔고 아들을 죽인 정치 문제를 잊고

자 한다. 또한 그들은 먹고살아야 했고, 공개적인 망신을 피하면서 다른 사람들에게 동정의 대상이 되지 않아야 했다. 대령은 암묵적으로 정치 문제 때문에 아들이 죽었으며 결코 잊을 수 없다고 믿는다. 그의 기품과 체면은 외부 압력에 굴복하지 않는 것으로 나타난다.

이렇게 먹고사는 것과 기품이나 체면을 유지하는 문제는 아내가 "우리는 뭘 먹죠."라고 소리치는 순간 절정에 이르고, 그것이 작품의 가운데 지점에 위치한다. 심지어 끝부분에서도 똑같은 주제의 말다툼이 벌어질 것을 예고한다고 볼 수 있다. 여기서 아내가 대령에게 소리 지르며 따지고, 대령은 "똥."이라는 유명한 대답을 한다. 물론 이것은 불쌍한 아내에게 상스러운 말로 소리치려는 의도 이외에도 그들이 수년간 '똥'이나 진배없는 것을 먹어 왔다는 사실을 드러낸다. 즉 그들의 삶은 수치와 굴욕으로 점철되었으며, 이것을 솔직하게 인정할 때 비로소 실제 모습으로 돌아갈 수 있음을 의미한다.

3. 작품의 핵심 주제들: 싸움닭, 군사 독재, 배고픔

이 소설은 단순하고 집약적인 문체로 마을의 모습을 보여 주면서 세 개의 핵심 주제인 싸움닭과 군사 독재, 노부부의 고독과 배고픔을 다룬다. 우선 노부부의 문제는 시작부터 잘 나타난다. 커피가 거의 남지 않았다는 사실은 대령 부부가 궁핍한 상태에 있다는 것을 알려 주며, 곧 닥칠 겨울비는 아내의 천식과 대령의 변비가 악화될 것을 시사한다. 처음으로 등장하는 사건인 마을 트럼펫 연주자의 장례식은 대령 부부에게 죽은 아들에 대한 고통스러운 기억을 불러일으킬 뿐 아니라 수년 만의 첫 자연사라는 사실을 깨닫게 하면서 그 기간에 죽은 사람들은 모두 폭력에 의해 죽음을 맞았음을 암시한다. 이 주제가 작품을 꾸준하게 관통한다.

무엇보다도 『아무도 대령에게 편지하지 않다』는 배고프고 외로운 노부부의 노련하면서도 달콤씁쓸한 모습을 보여 준다. 아들은 구 개월 전 군인에 의해 살해되었고, 대령의 동료들은 모두 폭력에 의해 사망하거나 쫓겨난 상태다. 이 작품의 제목은 대령이 고독하고 가난하다는 사실을 보여 준다. 대령은 참전 군인 연금을 지불한다는 편지를 오십여 년이나 애타게 기다린다. 작품에서 대령이 네 번의 금요일에 강의 포구나 우체국으로 가는 모습이 그려진다. 그리고 아무 편지도 없다는 우체국장의 말에 희망은 물거품이 된다. 대령의 유일한 동지는 신문을 빌려 주고 외상으로 진료를 해 주는 친절한 의사뿐이다.

대령의 모습은 인간적 순수함의 감동적인 본보기다. 점잖고 수줍고 눈이 크고 몽상적인 참전 군인이다. 협잡꾼 사바스의 간계에 반격하지 못하는 얌전한 사람이지만, 마침내 싸움닭을 절대 팔지 않겠다고 말하는 완고한 성격의 소유자이기도 하다. 그러면서 이 작품을 '똥'이라는 말로 끝내며 강한 인상을 남긴다. 이 단어는 매우 풍자적으로 보이는데 다름 아니라 대령이 외설과 음탕함을 혐오하며 변비에 시달리고 있기 때문이다.

아내도 가르시아 마르케스의 다른 작품에 등장하는 여자들처럼 잔소리가 심하고 의지가 굳고 충성스러운 여인이다. 끊임없이 먹을거리 문제를 해결하면서 어느 순간 대령으로부터 "빵이 수십 배로 늘어나는 기적"이라는 과장된 말을 이끌어 낸다. 대령의 머리를 깎아 주고 어린아이처럼 대한다. 마지막 부분에서 심하게 부부싸움을 할 때에만 대령은 확고한 입장을 취하면서 저항한다. 이렇게 긴장되고 충격적으로 끝나지만 이 작품이 조이스와 베케트 이후 현대 문학에서 가장 사랑스러운 부부를 그리고 있다는 점은 분명하다.

군사 독재는 노부부의 경제적, 물질적 궁핍이나 그에 따른 싸움과 직접적으로 관련되어 나타난다. 군사 정권은 조금씩 모습을 드러낸다. 가령 밤 11시에 시행되는 통행금지, 언론 검열과 선거가 치러지지 않는 데 대한 언급, 교회의 영화 상영 금지, 사바스의 부정 축재와 정부와의 연관성, 대령에게 몰래 건네는 비밀 전단, 경찰의 당구장 불시 단속, 아들을 죽인 군인과 대령의 말없는 대결 등을 들 수 있다.

『아무도 대령에게 편지하지 않다』에서 핵심 이야기는 아구스틴의 싸움닭을 중심으로 전개된다. 대령은 마지못해 아들에게 싸움닭을 물려받았으며, 경기에서 반드시 이길 거라고 확신한다. 아구스틴의 친구들 역시 재봉사이고 비밀 활동에 연루되어 있다. 특히 그들은 싸움닭의 미래에 관심을 보이는데, 그들뿐 아니라 마을 사람들 전체에게 희망과 저항의 상징이기 때문이다. 이 작품에서 싸움닭은 모든 살아 있는 것의 궁정적인 상징이 되면서 원래 주인인 대령 부부의 죽은 아들을 의미하고, 그것을 지켜보며 먹이를 주는 마을 젊은이들을 대표하고, 다가오는 1월에 투계가 벌어지면 돈이 들어오리라는 대령의 희망이기도 하다. 그리고 마지막으로 군부에 반대해 투계장으로 몰려드는 일반인들을 상징한다.

처음에 대령은 점차 커져 가는 현실을 애써 무시하려 하지만 이내 싸움닭과 자신을 동일시한다. 아들에 대한 기억을 생생하고 상징적으로 보존하는 방법이며 동시에 마을 사람들의 정치적 희망과 하나 되는 방법이기 때문이다. 작품의 한 대목에서 화가 치민 아내는 불평한다. "수탉은 우리가 아니라 마을 전체의 것이라고 했어요." 그리고 그 말은 그대로 증명된다.

여기서 가르시아 마르케스가 지녔던 당시의 사회주의 사상이 분명하게 드러난다. 싸움닭은 희망과 믿음, 저항과 낙관주의와 인간 존엄성을 상징한다. 싸움닭이 살아남는 것은 스포츠와 노름이라는 두 가지 행위를 통해 사람들의 의식을 고양하는 행위나 다름없다. 그렇게 수동적이고 소외된 대령은 마을의 정치적 선봉이 된다. 그러나 대령의 사상적 행위는 너무나 모호하게 서술된 반면에 성격은 현명하고 인간적으로 그려졌다. 그러면서 이 소설은 정치적 이상주의에 대한 가장 훌륭한 작품 중 하나가 된다.

아구스틴의 친구들은 싸움닭을 훈련시킨다. 싸움닭이 많은 돈을 벌어 줄 거라는 생각으로 대령은 몇 달 후에 시작될 새로운 투계 시즌을 기대한다. 그러나 그동안 먹이를 대야 할 대령에게 돈 한 푼 없다는 사실을 알고 아구스틴의 친구들은 자발적으로 자금을 댄다. 이 모든 것이 아픈 아내와 문제를 야기한다. 아내는 아들의 죽음을 슬퍼하면서도 정치와 환상보다 생존을 더 중요하게 여긴다. 먹을 것도 없는 상황인데 싸움닭을 팔면 최소한 이삼 년은 품위를 유지하면서 살아갈 돈을 손에 쥘 수 있기 때문이다.

수탉은 대령에게 아들을 떠올리게 만드는 긍정적인 역할을 한다. 정치적 신념을 패념치 않는 아내에게는 죽음을 야기하는 남성적 폭력에 불과하다. 대령 부부는 서로 사랑하고 아끼지만 평생을 함께 보낸 후 자신들이 다투고 있음을 깨닫는다. 아내는 이제 그가 무작정 기다리기만 한다고 비웃으면서 "환상을 먹을 수는 없어요."라고 말한다. 대령은 "먹지는 못하지만 먹을 것은 준다오."라고 대답한다. 아내는 반박한다. "이제 모두 확실하게 보장된 삶을 사는데 당신이 완전히 혼자서 배를 곯고 죽어 가요." 이 말에 대령은 조용히 대답한다. "난 혼자가 아니라오."

이야기가 3분의 2 정도 진행될 무렵 죽은 아들의 친구들이 시험 삼아 닭싸움을 해 보기 위해 수탉을 가져가고, 대령은 우연히 투계장 근처를 지나다가 자기 수탉이 적의 공격을 노련하게 피하는 것을 본다. 관객은 대령의 수탉과 주인에게 환호를 보내며 박수하고, 수탉과 대령은 마을 전체를 대표하게 된다. 그렇게 비밀리에 집단적 협동심을 드러낸다. 수탉은 대령에게 개인적인 명예이자 공동체와의 관계를 보여 주는 근원인 것이다. 따라서 수탉의 존재는 많은 서사적 요소를 통합한다. 그것이 없었다면 이 작품은 한 조그만 마을의 당당하고 고

귀한 가난뱅이의, 사랑스러우면서도 슬픈 미소를 짓는 초상에 그쳤을지도 모른다.

투계장의 중요한 일화가 끝나고 싸움닭은 다시 대령에게 돌아온다. 그런데 흥미롭게도 마지막 장은 즐겁고 밝게 변한다. 이 부분을 시작하는 날씨는 아름답고 청명하다. 처음으로 대령은 아내의 잔소리이자 불평을 무시하고 우체국으로 향한다. 갓 도착한 서커스단은 축제 분위기를 자아내고, 대령은 가족과 동료들과 행복하게 지내던 시절을 회상한다. 대령은 후회하지 않고, 죄책감 없는 꿈속으로 빠져들며, 싸움닭이 악감정을 살 만한 이유가 없다고 생각한다. 이 모든 게 대령이 아이들을 내쫓고 아내한테 점잖게 "수탉은 팔지 않을 거요."라고 말하는 마지막 장면으로 나아가기 위함이다. 그는 밤새도록 잠 못 들고 염려하는 아내와 맞선다. 그리고 밝고 상쾌한 일요일에 종말론적 계시를 받고 "똥."이라는 마지막 말을 남긴다.

4. 언론의 글쓰기: 포크너에서 카뮈와 헤밍웨이로

가르시아 마르케스의 첫 번째 소설 『썩은 잎』과 두 번째 소설 『아무도 대령에게 편지하지 않다』 사이에는 문체 면에서 많은 차이점이 발견된다. 육 년에 걸쳐 왜 이렇게 변했는지 가장 잘 설명해 주는 것은 바로 작가의 언론 활동이다. 이 외에 영화와 정치 같은 요인들도 관련이 있다. 매일 쓰던 기사는 분명히 많은 영향을 끼쳤다. 실제로 이 시기에 쓴 기사에서 그가 문학적으로 어떻게 발전했는지 보여 주는 단초를 발견할 수 있다.

가르시아 마르케스는 유머가 가미된 논평을 주로 썼다. 그래서 당시 신문에 쓴 글에서 예술과 문학의 문제에 관한 '진지한' 글은 많이 찾아보기 힘들다. 논평이라는 장르의 속성상 통신사들이 제공하는 다양한 사건들 속에서 사소한 것을 포착했다. 대부분이 전혀 중요하지 않은 것에 관한 글이었지만 그런 것으로 독자들을 즐겁게 해야 했다. 잘 써야만 했다. 그렇지 않으면 짧고 시시한 글은 누구의 관심도 끌 수 없었다. 실제로 중요한 일화가 없었기 때문에 언어에 의지해야 했다. 다시 말해 왜곡과 파괴를 통해 현실을 더욱 잘 드러내는 언어를 구사하면서 독자들에게 놀라움을 선사해야 했다. 이를 통해 그는 유머가 세상을 의문시하는 도구임을 깨달았다.

논평을 쓰는 행위는 문체를 배양하고 정화하는 학교였다. 가르시아 마르케스는 편안하게 표현하는 방법을 배웠고, 시간이 흐를수록 문체는 더욱 선명해졌다. 가령 카르타헤나의 《엘 우니베르살》에서는 건방진 문체에 부자연스러운 어휘를 사용했으며 과도하게 시적이었다. 그런데 몇 달 후 그 같은 단점들은 사라지고 좀 더 부드럽고 우아해졌다. 바랑키야의 《엘 에랄도》에 칼럼을 쓸 무렵에는 이미 부러움을 살 만큼 가볍고 효과적인 문체를 사용했다. 그의 글은 단순한 문체를 사용해 막힘이 없었고, 독자들은 그의 유머를 음미했다.

가르시아 마르케스의 문학 작품도 이와 비슷하게 발전했다. 아마도 신문 칼럼의 문체에 어느 정도 영향을 받았기 때문일 것이다. 초기 단편들에서는 흠이 발견된다. 속도가 느렸고, 어휘는 무거웠다. 이는 초기 칼럼들을 떠올리게 한다. 초기 단편 소설에서 사용한 내적 독백 혹은 자기 관찰 기법은 그 당시의 흠과 밀접한 관련이 있다. 반면 1950년대에 들어와 쓴 짧은 단편은 문체 차원에서 비약적인 발전을 보여 준다. 내면보다 일화를 이야기하는 데 더욱 치중하며, 따라서 더 즐겁고 재미있게 바뀐다. 하지만 1950년에 쓴 『썩은 잎』은 아직 그 정도까지 나아가지는 못한다.

논평이 문체를 다듬는 데 도움이 되었지만 어쨌든 가르시아 마르케스는 훌륭한 취재 기자이자 작가가 되고 싶어 했다. 그는 초기 취재 기사부터 경험을 바탕으로 구체적인 사건을 다루는 모험을 했다. 그것이 소명 의식의 대상이었던 취재 기사로의 출발점이었다. 이내 그의 취재 기사는 드러내면서 의문시하고 고발하는 방식으로 나아갔다. 이 년 넘게 취재 기사를 쓰면서 계속 논평을 하고 문학 작품도 작업했다. 결국 보고타의 일간지 《엘 에스펙타도르》에 익명으로 영화 칼럼을 쓰게 되었다.

그러나 얼마 안 되어 1954년 7월 메데인의 메디아 루나에서 산사태가 발생했고, 그는 그곳에 파견되어 공식 논평이나 다른 언론에서 말할 수 없었던 사건을 취재했다. 무엇보다도 직접 목격하지 않은 실제 사건을 이야기하면서 진정한 취재 기사의 과제를 수행했다. 자료를 수집하고 사건의 겉모습을 해체하여 재조직해서 아주 복잡한 이야기를 복원했다. 이는 현실에서 있을 법하지 않은 면을 드러내는 것으로, 유머 논평을 쓴 경험이 커다란 도움이 되었다. 취재 기사의 제목은 의미심장하게도 '안티오키아 재앙의 평가와 재구성'이었다. 이후 그가 콜롬비아에서 쓴 취재 기사의 대부분은 '평가와 재구성'이라는 제목이 붙는다.

《엘 에스펙타도르》의 통신원으로 유럽에 있을 때도 이미 존재하는 자료에 기초하여 취재 기사를 작성해야 했다. 다시 말해 그가 머물던 이탈리아나 프랑스의 언론 기사를 재가공했다. 몬테시 사건 시리즈(이탈리아, 1955년 9월)와 프랑스의 비밀 사건(1956년 3월과 4월)은 일화를 이야기하는 취재 기사였다. 얼마 후 1956년 가을 베네수엘라의 시사 주간지에 알제리 반란군 두목 체포와 수에즈 운하 위기에 관한 강도 높은 기사를 쓰면서 동시에 『아무도 대령에게 편지하지 않다』를 집필했다. 그 기사들 역시 여러 언론에 실린 상이한 자료들을 재조직하여 종합했다.

가르시아 마르케스는 계속 긴장을 유지하는 글을 쓰는 법을 배웠다. 특히 유럽에서 쓴 취재 기사는 소설에 쓰일 만한 성향이 어느 정도 드러나 있었다. 취재 기사를 작성하면서 그때까지 사용하지 않던 형식으로 허구 이야기를 들려주는 방법을 마련한 것이다. 그것이 바로 『아무도 대령에게 편지하지 않다』로 향하게 만든 여러 길들 중 하나였다.

취재 기사가 일종의 '팔 워밍업하기'였고, 최종 목표가 문학이라는 것은 의심할 여지가 없다. 『아무도 대령에게 편지하지 않다』로 나아가는 과정은 『썩은 잎』과 어느 정도 단절을 의미했다. 아마도 가르시아 마르케스가 1953년에 경험한 문학적 실패가 결정적인 역할을 했던 듯하다. 바로 '집'이라고 이름 붙이려고 생각했던 소설의 실패였다. 『썩은 잎』에 집이 한 채 등장하고, 『백년의 고독』에서는 부엔디아 가족의 집이 너무나 중요하다. 익히 알려졌다시피 1953년에 실패를 맛본 소설 '집'은 작가가 오랫동안 고민한 끝에 마침내 『백년의 고독』으로 탈바꿈한다. 초고가 어땠는지, 왜 포기했는지는 구체적으로 모르지만 대략 짐작은 할 수 있다.

그 당시 가르시아 마르케스는 포크너의 작품에서 영감을 받아 꽤 많은 단편을 썼고, 또한 동일한 모델을 사용한 소설도 한 편 마감한 상태였다. '집'은 동일한 길로 가야 했으며, 아마도 작가는 자기가 반복하고 있다는 느낌을 받았을 것이다. 가령 1952년에 쓴 취재 기사 「라 시에르페: 대서양 변의 어느 지역」에는 포크너의 『내가 죽어 누워 있을 때』를 거의 그대로 모방하듯이 라 시에르페의 주민들이 죽은 사람들을 어떻게 매장하는지 떠올리는 대목이 있었다. 1954년부터 이런 흔적이 취재 기사에 나타나지 않는다. 1950년의 기사들과 소설에서와 달리 포크너의 영향은 이미 충분히 소화되어 글에 스며들고 심지어 가르시아 마르케스화된다. 다른 작가의 영향을 받았으리라는 점도 배제할 수 없다. 오히려 하나만 원인이 아니라 두 경우 모두 가능하다고 보아야 한다.

실제로 가르시아 마르케스는 다른 스승들 혹은 다른 모델들을 만났고, '집'을 집필하는 동안 해결하지 못했던 문제들의 해결 가능성을 보았다. 그는 1953년에 '집'을 쓰겠다는 계획을 포기하고 새롭게 이야기하는 방식을 택했으며, 이는 『아무도 대령에게 편지하지 않다』와 다른 작품을 쓰는 데 도움을 주었다. 그러나 이전에 그 방식은 취재 기사에서 구현되었고, 그것들은 형식 면에서 놀라울 정도의 완성도를 보였다.

이제 가르시아 마르케스는 포크너를 모방하는 것이 아니라 그의 문학을 독창적인 방식으로 자기 작품에 스며들게 했다. 그리고 다른 두 작가를 존경했는데 바로 카뮈와 헤밍웨이였다. 두 작가는 포크너의 어둡고 혼란스러운 서사하고는 사뭇 다른 방식을 제시했다. 효율적이고 간결하고 명확한 모델이었다. 가르시아 마르케스는 '심오한 남부'의 위대한 작가를 카뮈와 헤밍웨이로 대체하고, 그들의 영향 아래서『아무도 대령에게 편지하지 않다』를 집필했다.

언제 처음으로 카뮈의 작품을 읽었는지는 확실히 알 수 없다. 분명한 것은 친구들인 '바랑키야 그룹'이 카뮈를 알았다는 사실이다. 그들은 1950년 8월 혹은 9월에『이방인』을 읽었다. 가르시아 마르케스가 바랑키야에 있던 때였다. 그들은 이 작품에서 깊은 인상을 받았다. 물론 가르시아 마르케스가 그들보다 조금 늦게 읽었을 가능성도 있고, 읽었더라도 그다지 큰 충격을 받지 않았을 수도 있다. 포크너의 작품에 깊이 빠져『썩은 잎』을 집필하는 중이었던 만큼 어떤 작가의 작품도 다가오지 않았을 가능성이 꽤 있기 때문이다.

가르시아 마르케스는 1952년 이전에 카뮈의 작품을 읽은 게 분명하다. 1952년 4월 28일《엘 에랄도》의 칼럼에서『페스트』를 언급했다. 그리고 점차 포크너의 모델을 의문시하게 되었음에 틀림없다. 1959년에 아주 분명하게 카뮈의 작품을 인용하는데, 이때는 카뮈의 영향을 받은 시기가 끝났을 무렵이다. 하지만 『페스트』는 1954년과 1955년에 보고타에서 쓴 취재 기사에 암묵적으로 모습을 보인다. 특히 재앙과 불행 혹은 부정과 부패로 언급되는 거의 모든 기사에서 카뮈의 흔적이 나타난다. 그것들은 특히 『페스트』와 관련되는데, 페스트가 악과 불행, 부정과 죽음의 상징이기 때문이다.

헤밍웨이와의 접촉은 더 이른 시기에 시작되었다. 1949년에 가르시아 마르케스는 이미 그의 작품을 알았다. 그 당시 바랑키야 그룹의 친구들은 포크너와 버지니아의 작품을 읽으라고 권했다. 이후 포크너에 빠졌고, 『썩은 잎』을 쓰기 전에 미국 작가들이 필요한 모델을 제공할 거라고 여겼다. 헤밍웨이는 그중 하나였다. 하지만 가르시아 마르케스는 『강 건너 숲으로』에 관해 매우 부정적인 견해를 밝혔고, 따라서 1950년 당시에는 헤밍웨이에게 큰 영향을 받지 않았다고 보아야 한다.

그러나 가르시아 마르케스는 처음에 거부했던 모델을 수용했다. 헤밍웨이의 작품에 존경심을 느꼈다는 의미다. 분명한 사실은 1953년에 『노인과 바다』를 읽고 그냥 지나치지 않았다는 것이다. 이듬해부터 취재 기사와 칼럼에서 하찮아 보이지만 중요한 것을 세세하게 포착하는 헤밍웨이의 능력을 높이 평가했다. 가령 가르시아 마르케스가 거의 삼십 년 동안이나 입이 마르도록 찬양한 "한쪽 모서리를 도는 고양이처럼"이라는 말이 나타난다. 이렇게 그는 헤밍웨이의 예리한 관찰력이 지닌 중요성을 인정한다. 이후 대표 단편이라는 평을 받는 「화요일의 낮잠」과 「여섯 시에 오는 여자」를 비롯해 소설 『아무도 대령에게 편지하지 않다』와 『불행한 시간』에서 이것이 나타난다. 다만 소설은 헤밍웨이를 카뮈의 『페스트』와 함께 이용하기 때문에 그 영향력이 단편 소설보다 덜 두드러진다.

요약하자면 가르시아 마르케스의 취재 기사와 칼럼은 문학의 새로운 단계에 도달하기 위해 사용된 길이며, 그것은 『아무도 대령에게 편지하지 않다』로 대표된다. 즉 가르시아 마르케스의 언론 기사는 문학 작품과 관련될 때 비로소 진정한 의미를 갖는다. 실제로 1950년 이후 이 소설의 집필이 끝나는 1957년 1월까지 쓴 기사를 읽어 보면 가르시아 마르케스의 글쓰기가 어떻게 발전하고, 취재 기사가 소설 쓰기와 어떻게 접목되는지 알 수 있다.

5. 영화의 길과 문학: '인간적인 것'을 찾아서

영화는 문학과 정치와 더불어 가르시아 마르케스의 삶에서 매우 중요한 위치를 점한다. 특히 『아무도 대령에게 편지하지 않다』에는 영화 기법이 통합되어 있다. 문학 작품에서 영화 기법을 사용하는 현상은 특히 1956년부터 1959년 사이에 쓴 작품에서 가시화된다. 가르시아 마르케스와 영화의 진정한 만남은 1950년 10월에 이루어졌다. 비토리오 데 시카 감독의 「자전거 도둑」을 보고 바랑키야에서 출간되는 《엘 에랄도》의 '기린'이라는 칼럼에 심리적 밀도를 구현하는 몇 가지 법칙을 설명하는 글을 쓴다. 가르시아 마르케스는 이 같은 심리적 밀도를 '인간적인 것'이라고 정의한다. 오늘날 다소 모호하고 논란의 여지가 있지만 이는 당시 그의 미학 개념을 이루며, 그가 좋은 영화인지 나쁜 영화인지를 평가하는 범주가 된다.

이 칼럼은 가르시아 마르케스가 영화에서 눈여겨본 것이 무엇이며 그의 글이 어떻게 영화에 빚지고 있는지 잘 드러낸다. 적어도 『아무도 대령에게 편지하지 않다』를 쓴 시기의 글쓰기가 지닌 특징을 보여 준다. 그는 비토리오 데 시카의 영화에 대해 "지금까지 제작된 영화들 중에서 가장 인간적인 작품이라고 말하는 것은 전혀 과장이 아니다."라고 밝힌다. 이 작품에서 그가 가장 높이 평가하는 부분은 일화의 단순함과 배우들의 자연스러운 연기다.

이것은 가르시아 마르케스의 미학에서 중요한 분기점을 이룬다. 흥미롭게도 이때는 『썩은 잎』을 한창 집필하던 시기다. 다시 말해 포크너의 실험에 심취해 있고, 그가 이탈리아 영화에서 인정했던 단순함과는 거리가 멀었던 때다. 추측해 보건대 아마도 그가 천재적이라고 지적한 「자전거 도둑」의 어린아이 연기는 『썩은 잎』에서 아이의 내적 독백을 쓰면서 더욱 실감했을 것이다. 주목할 것은 나머지 작품들에서 가르시아 마르케스가 다시는 어린아이를 주인공이나 화자로 삼지 않는다는 점이다. 하지만 영화 관객으로서 아이들의 연기에 꾸준히 관심을 보인다.

가르시아 마르케스는 삼 년 육 개월이 지나서야 다시 공개적으로 영화에 대한 관심을 표명한다. 그는 영화와 감동적인 만남을 체험했지만 역설적으로 그가 감동받은 동기에 관해 말하지 않았다. 이는 1950년 10월부터 문화 면에서 자신의 무지와 한계를 깨닫고 체계적으로 영화를 공부하려고 했을 것이라고 추측하게 한다. 영화와 관련된 책과 잡지를 읽고 많은 영화를 보며 지식을 습득했다는 의미다. 1954년 2월이 되어서야 그는 보고타의 엘 에스펙타도르 신문사에 신입 사원으로 입사하여 매주 칼럼 형식으로 영화 비평을 시작한다.

가르시아 마르케스는 칼럼에서 영화에 대한 자신의 관점을 자주 밝힌다. 오늘날 그의 영화평이 부정확하다고 비판할 만한 여지가 많지만 중요한 것은 영화에 대한 관점이 소설가로서의 관심사와 밀접히 관련되어 있다는 사실이다. 그러니까 가르시아 마르케스의 영화 칼럼을 읽는 것은 그의 문학 작품이 어떻게 쓰였는지 살펴보는 것과 다름없다. 1950년의 글과 1954년부터 쓴 영화 칼럼에는 근본적인 변화가 눈에 띄지 않지만 좀 더 깊이가 있었고, 그가 쓰게 될『아무도 대령에게 편지하지 않다』를 엿보게 하는 단서가 등장한다.

지속되는 특징들 중 하나는 미국 영화에 적대적이었다는 사실이다. 이런 적대감은 정치적 요인 때문이었던 듯하다. 그는 할리우드의 웅장한 작품들을 신랄하게 비판하면서 '기술적 신기함'은 영화를 '석기 시대'로 되돌릴 것이라고 지적했다. 이탈리아 영화가 수많은 장점을 지녔으며 프랑스 영화는 대부분 우수하다고 평가하면서 인간 심리를 잘 보여 주는 유럽 영화에 관심을 보였다. 그리고 작고 세세한 인간 행동에서 나타나는 내면주의와 심리적 구성이 '인간적인 것'을 드러내며, 이것이 유럽 영화의 가장 훌륭한 점이라고 밝혔다.

가르시아 마르케스의 취향은 글쓰기 방식을 결정짓는다. 작중 인물에게 지속적인 관심을 표명하면서 가깝게 느껴지도록 하는 이 방식은 『아무도 대령에게 편지하지 않다』와 그 이후의 단편에서 구체화된다. 그가 할리우드의 대작들을 혐오한 이유 중 하나는 '클로즈업'을 사용하지 않는다는 것이었다. 클로즈업은 작중 인물들의 내면을 포착하는 방법이었고, 그래서 유럽 영화에서 자주 사용되었다. 『아무도 대령에게 편지하지 않다』에서도 미디엄 숏과 클로즈업의 기법이 상당히 많이 눈에 띈다.

가르시아 마르케스는 유럽 영화 중에서도 이탈리아의 네오리얼리즘에 많은 빚을 지고 있다. 가장 존경한 감독은 비토리오 데 시카였다. 데 시카의 작품에서 영화 미학을 발견했고, 그것을 문학에 적용하면서 소설에 맞는 새로운 기법을 만들어 냈다. 1954년과 1955년 네오리얼리즘 계열에 속하는 다섯 편의 영화, 즉 「밀라노의 기적」, 「종착역」, 「외투」, 「독일 0년」, 「움베르토 D」의 영화평을 쓴다. 이들은 그가 『아무도 대령에게 편지하지 않다』에서 강조하는 '인간적인 것'을 어떻게 이해하고 있는지 잘 보여 준다.

1954년 4월 21일 「밀라노의 기적」에 관한 글에서 가르시아 마르케스는 현실과 환상의 혼합에 관심을 보인다. 이러한 요소는 대령이 찾아가는 죽은 악사의 일화에서 간단하게 나타난다. 같은 해 11월 20일 「외투」에 관한 칼럼에서는 "아래로, 안으로, 눈이 보이는 곳 너머로, 마음만이 간신히 닿을 수 있을 뿐 눈으로 볼 수 없는 컴컴한 곳을 탐구하는 「외투」는 보통 사람의 쓰라린 비극이다."라고 피력했다. 이미 그는 『아무도 대령에게 편지하지 않다』와 가까이 있었던 것이다.

삼 개월 후 1955년 2월 5일 「움베르토 D」에 관한 평이 발표되었다. 『아무도 대령에게 편지하지 않다』를 예고하는 글이라고 보기는 어렵지만 이 소설의 주요 요소들을 응축하거나 구체화하고 있다. 영화평은 "이것은 가난한 사람의 이야기다."라고 시작한다. 그런 다음에 "현대 사회에서 점잖은 사람, 명예로운 사람은 무엇을 의미하는가?"라는 질문을 던지며 "미덕은 부정하고 부패한 행위보다 더 극적이다."라고 떠올린다.

가장 관심을 불러일으키는 말은 겉보기에 하찮은 사건을 언급하는 것이다. 그것은 고독한 움베르토와 개의 관계로 나타나고, 이내 대령과 싸움닭의 관계를 떠올리게 한다. 이 모든 요소들이 「움베르토 D」에 대한 영화평에 담겨 있기 때문에 『아무도 대령에게 편지하지 않다』의 선구로 여겨진다. 특히 이 영화평과 한국 참전 용사들에 대한 취재 기사를 연결하면 소설의 주축을 이루는 연금 문제뿐만 아니라 '인간적인 것'을 결정짓는 여러 요인들이 나타난다.

6. 정치의 길과 문학: 사회 비판을 향하여

『아무도 대령에게 편지하지 않다』는 인간적인 행위가 무엇인지를 핵심으로 삼지만, 또한 참여 소설이기도 하다. 1959년 미래의 콜롬비아 폭력 소설에 관해 언급하면서 가르시아 마르케스는 그 소설들이 무엇보다도 훌륭한 작품이어야 한다는 피할 수 없는 의무를 이행해야만 오랫동안 영향을 끼칠 것이라고 말했다. 그는 『아무도 대령에게 편지하지 않다』를 쓰면서 그런 주장을 이미 예고했다. 그러나 이 소설은 정치성을 노골적으로 표명하지 않는 정치 소설을 어떻게 쓰는지 본보기를 보여 준다.

가르시아 마르케스의 정치적 입장을 살펴보자. 그는 내전에 자유당 투사로 참전한 외할아버지에게 교육을 받았고, 그래서 '골수 보수주의자'인 아버지와 항상 견해를 달리하며 정치적으로 동의하지 않았다. 어릴 때 자유당 이념에 입각한 교육을 받았고, 중등 교육(1943~1946)을 마친 후 시파키라에서 고등학교 교육받으며 더욱 자유주의자가 되었다. 가르시아 마르케스가 국가 장학생으로 공부한 학교에는 '마르크스주의자'라는 이유로 시파키라로 쫓겨난 선생들이 있었고, 그들은 십 대 학생이었던 가르시아 마르케스를 급진주의자로 만들었다. 그곳을 졸업하고 콜롬비아 국립 대학에 입학했을 무렵 이미 마르크스주의자였던 그는 그때부터 항상 좌익 사상에 바탕을 두고 정치적 입장을 표명했다.

물론 그가 쓴 기사에서는 좌익 사상이 분명하게 나타나지 않는다. 언론 검열 혹은 조심스럽게 자기 검열을 거침으로써 생각을 솔직하게 표현하지 못했기 때문이다. 그렇지만 몇몇 글에서 유머를 통해 반체제 견해를 밝히거나 겉으로는 순진한 척하면서 냉소적인 글을 인용함으로써 조심스러우면서도 분명하게 의견을 드러냈다.

가르시아 마르케스는 바랑키야에서 보낸 기간(1950~1951, 1952~1953)에 점차 정치 참여의 길로 나아간다. 그곳은 보수주의자와 자유당 당원들, 마르크스주의자들이 아무런 문제 없이 함께 모이던 관용적인 분위기를 띠었지만 가장 친한 친구들인 '바랑키야 그룹'의 핵심 멤버들은 평균적인 자유주의자들보다 더 왼쪽으로 기울었고, 모두 공산당의 주장에 동조했다. 이런 분위기에서 가르시아 마르케스의 정치사상이 발전한다.

그 당시 쓴 글 중에서 가장 관심을 끄는 것은 '기린'이라는 칼럼에 쓴 「기적처럼 보이는 것」이다. 1952년 3월에 실린 이 글은 『아무도 대령에게 편지하지 않다』로 이어진 모든 길의 결정적인 연결 고리로 작용한다. 그의 문학적 관심뿐 아니라 고발 내용 때문이기도 하다. 가르시아 마르케스는 이 글에서 민중의 각성과 자각을 떠올리면서 동시에 공식 검열 때문에 숨겨야 했던 사건을 드러낸다. 그가 신문 기자 생활을 하면서 가장 중요하게 여긴 것, 즉 숨겨진 사건을 드러내면서 고발하는 방식이다. 이후 1954년 보고타의 《엘 에스펙타도르》에 쓴 영화 칼럼, 특히 미국 영화에 대한 글은 비밀리에 활동하던 공산당원의 관점을 보여 준다. 취재 기자가 되면서 그런 관점은 더욱 날카로워졌다.

그의 취재 기사들은 구스타보 로하스 피니야 독재 정권에 극히 비판적이었다. 『아무도 대령에게 편지하지 않다』에서도 동일한 적대감이 더 공개적으로 드러난다. 현실 참여 성격의 용감한 취재 기사 중에서도 오늘날 '표류자의 이야기'(1955년

3월과 4월)라고 알려진 글이 가장 눈에 띈다. 선원 벨라스코에 관한 기사를 쓰고 며칠 후 또 다른 기사(1955년 5월)에서는 정부가 톨리마 지역에서 폭력을 재개했다고 폭로한다. 유럽으로 파견되기 일 년여 전부터 그는 공산당과 관련되어 있었고, 《엘 에스펙타도르》의 지면을 이용해 다른 방식으로는 알려질 수 없었던 기사나 정보를 제공했다.

한국 전쟁과 관련된 기사들(1954년 12월)도 고발 성격의 글에 해당한다. 이 기사가 관심을 끄는 것은 『아무도 대령에게 편지하지 않다』의 주제와 관련이 있기 때문이다. 이 기사들과 소설 사이에는 상호 영향 관계를 설정할 수 있다. 사기가 저하된 참전 용사들에 관한 조사는 소설의 자양분이 되었음이 분명하다. 그러나 이 소설을 쓰려는 계획이 어느 만큼 무르익지 않았다면 기사가 그런 정도까지 이르지 못했을 것이다.

7. 가르시아 마르케스, 한국과 무관한 작가?

가브리엘 가르시아 마르케스는 우리가 세월호 침몰 사건으로 심리적 공황 상태에 빠져 있을 때 세상을 떠나, 그의 죽음은 커다란 뉴스가 되지 못했다. 그러나 전 세계 언론의 문화면은 거의 예외 없이 그에 대한 추모 기사로 장식되었다. 도대체 세계 문학에서 어떤 의미를 지니기에 이토록 전 세계가 일제히 애도를 표한 것일까? 가르시아 마르케스는 제3세계가 배출한 가장 유명한 작가였으며, 20세기 후반부터 지금까지 세계 예술 사조를 이끌고 있는 '마술적 사실주의'의 대표자였다. 마술적 사실주의는 여러 나라 작가들에게 엄청난 영향을 끼치면서 수많은 추종자들을 만들어 냈는데 그중 대표자가 바로 살만 루슈디와 토니 모리슨, 주제 사라마구다.

최근 사십 년 동안 가르시아 마르케스의 명성에 도전할 작가는 어느 나라에도 없었다. 실제로 20세기 문학을 살펴보면 쉽게 확인된다. 문학계가 이의를 달지 않고 만장일치로 중요하게 여기는 이름들인 조이스, 프루스트, 카프카, 포크너, 울프 등은 모두 20세기 전반부의 작가들이다. 20세기 후반부에는 가르시아 마르케스가 유일하다. 그래서 1967년에 출간된 대표작 『백년의 고독』은 전통과 근대성의 충돌을 보여 주는 정점이면서 전 세계 독자들을 사로잡으며 베스트셀러로 자리 잡은 '세계화'된 소설이자 현대의 고전으로 평가받는다.

가브리엘 가르시아 마르케스는 대부분의 우리 독자들에게 라틴 아메리카 문학의 상징으로 여겨진다. 그리고 그의 이름은 항상 대표작 『백년의 고독』을 통해 연상된다. 사실 가르시아 마르케스는 이 작품으로 20세기 주요 소설가로 떠올랐을 뿐 아니라 우리 시대를 대표하는 최고의 상징적 존재로 현대 문학에 군림한 작가다. 그런데도 아직까지 우리에게 생경한 '마술적 사실주의'의 작가 혹은 환상과 현실을 적절히 배합한 우리 현실과 무관한 외국 작가로 다가올 뿐이다. 그의 이름은 한국과 전혀 무관한 작가로 알려져 있다.

그러나 그의 작품에는 종종 한국이 등장한다. 이것은 대부분 한국 전쟁과 관련되어 있다. 가령 가르시아 마르케스가 표류자 루이스 알레한드로 벨라스코를 인터뷰하여 《엘 에스펙타도르》에 게재한 「표류자의 이야기」에 "미겔 오르테가는 '파디야 제독'호를 타고 한국에 있었다."라는 대목이 나온다. 자서전 『이야기하기 위해 살다』에서도 하이메 폴라니아 푸요 대령을 언급하면서 "몇 년 뒤 한국 전쟁에 참전한 콜롬비아군 사령관을 지내면서"라고 설명한다. 에세이 「문학과 현실에 관하여」에서는 『백년의 고독』에 사용되는 돼지꼬리를 이야기하며 "한 독자는 한국의 수도인 서울에서 돼지꼬리를 갖고 태어난 소녀의 사진을 오려서 보냈다. 내가 소설을 썼을 때 생각하던 것과 정반대로 서울의 그 소녀는 꼬리를 자르고도 살아남았다."라고 했다.

가르시아 마르케스가 한국과 관련해 쓴 가장 중요한 글은 1954년 12월 《엘 에스펙타도르》에 게재한 「한국에서 현실로」란 기사일 것이다. 이 기사가 중요한 까닭은 중편 대작으로 꼽히는 『아무도 대령에게 편지하지 않다』의 바탕을 이루기 때문이다. 그러나 가르시아 마르케스가 신문 기자로 활동할 당시의 기사들과 그의 작품의 관계를 연구하는 프랑스의 비평가 자크 질라르를 제외하고는 이에 대해 그리 언급하지 않은 것이 사실이다. 그는 시민전쟁에 참전한 군인으로서 문제적 인물로 등장하는 대령의 완고함과 그 이미지가 한국 전쟁에 참여한 콜롬비아 병사들이 겪은 고통과 밀접한 관계가 있다고 주장한다. 가르시아 마르케스가 항상 말해 온 삶에 대한 사랑과 '인간적인 것'은 『아무도 대령에게 편지하지 않다』에서 나타나는 대령의 삶에 대한 굳은 신념으로 출발하는데, 이는 한국 전쟁에 참여했던 콜롬비아 병사들을 취재하면서 얻은 이미지에서 유래한다.

8. 「한국에서 현실로」: 한국전 참전 용사의 환상과 현실

콜롬비아는 네 차례에 걸쳐 각각 1000여 명의 보병으로 구성된 지상 병력을 파견했으며, 한 척의 프리깃함 파디야 제독호로 이루어진 해상 병력을 파견했다. 1951년 6월 제1 콜롬비아 대대가 한국에 도착했고, 1952년 7월 제2 콜롬비아 대대가 제1 콜롬비아 대대와 교대했으며, 1952년 11월까지 한국에 주둔했다. 그리고 1952년 11월 제3 콜롬비아 대대와 임무를 교환했다. 제4 콜롬비아 대대는 1953년 6월에 도착해 1954년 10월까지 한국에 주둔했다. 가르시아 마르케스는 "참전 용사 대부분이 한 번도 들어 보지 못한 나라"에 파견된 마지막 콜롬비아 병사들의 귀국을 취재하면서 그 젊은이들이 정부의 희생양이 되었다는 것을 지적하고, 이러한 참전 용사 문제를 기회 삼아 콜롬비아의 현실을 냉엄하게 비판한다. 가르시아 마르케스는 한국에 파견된 많은 젊은이들이 한국의 전쟁보다도 더 열악한 폭력으로 찌든 콜롬비아의 사회 상황에서 탈출하기 위해 자원했다고 말한다.

콜롬비아 군대의 파견은 우리 국가 역사상 가장 힘든 시기에 이루어졌다. 농민들은 그들의 농토에서 쫓겨났다. 인구 과잉인

도시는 그들에게 어떤 희망도 제공하지 못했다. [……] 땅에서 쫓겨난 많은 농민들과 아무런 희망도 없었던 젊은이들에게 한국은 하나의 해결책이었다. 콜롬비아의 전쟁터와 콜롬비아의 도시에서 직장을 구하려는 단순하고도 평범한 시도는 모두 전쟁의 문제였다. 그래서 많은 청년들이 한국의 전쟁터를 택했다.

당시 콜롬비아의 폭력 문제는 가르시아 마르케스에게 주요 관심사가 되었고, 기자로서 그의 활동상을 보여 주는 대표적인 글이 바로 한국 전쟁에 참전한 병사들의 이야기를 다룬 「한국에서 현실로」다. 이 글은 1954년 12월 9일, 10일, 11일자 《엘 에스펙타도르》에 게재된 후 1976년 『연대기와 취재 기사들』에 수록되었다.

1948년부터 1950년대 말까지 콜롬비아 정국을 혼란의 도가니로 빠뜨린 '콜롬비아 폭력 사태' 기간에 보수당 지도자 라우레아노 고메스는 스페인의 독재자 프란시스코 프랑코 장군을 모델로 하고, '스페인적인 것'에 대한 향수를 그들 사상의 근간으로 삼았다. 따라서 1950년 권력의 최고 책임자 자리에 오르자 자유주의자들에 대해 강한 분노를 터뜨리면서 군사 독재 체제의 억압과 버금가는 탄압 전쟁을 시작한다. 이 당시 자유당원은 반란군이자 강도와 악한으로 취급되며, 이는 후에 양당의 증오심을 가중시킨 정책으로 변한다. 고메스 체제에 반대하던 사람들은 대부분 자유당원이었으며, 그들은 몇몇 공산주의 사상을 채택하면서 보수당원을 학살하고 보수당 마을을 방화하는 등 폭력으로 대항한다. '콜롬비아 폭력 사태'

로 지칭되는 이 기간에 그는 외국 석유 기업에 상당한 특권을 부여하며 한국 전쟁에 4000명에 달하는 군인을 파견한다. 이렇게 콜롬비아는 라틴 아메리카 국가 중에서 유일하게 한국 전쟁에 참여한다.

이런 관점에서 살펴볼 때 자유당원이었던 가르시아 마르케스가 1954년 12월에 콜롬비아로 귀국한 한국 전쟁 참전 용사들에 관해 쓴 기사 세 편은 보수당 정부의 폭력과 군사 독재 체제의 탄압에 대한 정치 고발 성격을 띠리라는 것을 익히 짐작할 수 있다. 이 기사들은 정부에 대해 가혹하리만치 비판적인 내용을 담고 있지만 매우 교묘한 방식으로 작성되었다. 가르시아 마르케스의 여러 기사 중에서도 특히 「한국에서 현실로」 시리즈에서 다루는 주제가 특별한 관심을 끄는 이유는 그것이 『아무도 대령에게 편지하지 않다』를 비롯하여 다른 소설과 명확한 상호 텍스트 관계를 형성하기 때문이다. 두 텍스트 사이에 상호 영향을 받았다는 흔적을 쉽게 찾아볼 수 있다. 모든 희망과 의욕을 상실한 참전 용사들에 관한 기사는 『아무도 대령에게 편지하지 않다』의 계획과 밀접한 관련을 맺고 있다.

1954년 12월 '한국에서 현실로'라는 제목 아래 세 편의 기사, 즉 「평화의 희생자들, 참전 용사들」, 「훈장을 저당 잡힌 영웅」, 「각각의 참전 용사들, 고독의 문제」를 썼다. 이 기사들은 이미 1954년 2월부터 계획되어 있었다. 그해 2월 20일자 《엘에스펙타도르》의 칼럼 '매일매일'에 가르시아 마르케스의 글로 보이는 기사가 실렸다. 「영웅들도 먹어야 산다」라는 이 기사는 가난이 극에 달해 훈장까지도 저당 잡혀야만 했던 한국 전쟁 참전 용사들을 다루었다. 이 간략한 기사는 그해 12월에 「한국에서 현실로」라는 시리즈 기사에서 좀 더 광범위하고 심층적으로 다루어진다.

「영웅들도 먹어야 산다」는 짧지만 정확한 자료를 찾아 분석한 심도 있는 취재 기사였다. 동시에 참전 용사들이 조합을 결성하여 정부에 압력을 가해야 한다는 선동적인 글이기도 했다. 정치적, 경제적으로 황폐했던 이 기간 콜롬비아 상황에서 가르시아 마르케스는 『아무도 대령에게 편지하지 않다』의 기본 주제인 고독과 연대감 문제를 전개했다. 이 작품에서 변호사가 실망에 빠진 대령에게 말하듯이 가르시아 마르케스는 기사를 통해 "뭉치는 것만이 힘을 준다."라고 주장한다. 「영웅들도 먹어야 산다」라는 짧은 기사는 참전 용사들의 주제가 이미 1954년 2월에 가르시아 마르케스의 머릿속에 구상되고 있었음을 보여 준다. 그리고 정치적 의미가 짙게 깔린 한국 전쟁 참전 용사들의 이미지는 20세기 초에 일어난 콜롬비아 시민 전쟁의 참전 용사들과 서로 교차되며 소설화된다.

첫 번째 기사인 「평화의 희생자들, 참전 용사들」은 '전선에서의 한가로운 생활, 쓸모없는 전쟁의 첫 희생자들, 영광과 직업의 문제'라는 소제목으로 출발한다. 가르시아 마르케스는 내전 이후 거의 쓰이지 않던 참전 용사란 단어가 콜롬비아 최초의 파견 부대가 귀국한 지 며칠 되지 않아 유행어가 되었다고 지적한다. 참전 용사란 말은 『아무도 대령에게 편지하지 않다』를 비롯해 『백년의 고독』에서도 아우렐리아노 부엔디아 대령의 서른두 번의 봉기를 통해 구체화된다.

「훈장을 저당 잡힌 영웅」은 1954년 2월 19일 콜롬비아 내륙 지방인 아르메니아에서 한국전 참전 용사가 훈장을 저당 잡혔다는 기사가 실린 것으로 시작한다. 이 기사를 출발점으로 가르시아 마르케스는 참전 용사들이 평범한 시민으로 돌아왔지만 물질적으로 어떻게 삶을 꾸려 나가야 할지 몰라 영웅적인 면류관과 훈장을 저당 잡힐 수밖에 없었던 비참한 상황을 서술한다. 이 상황은 참전 용사들의 명예와 현실적인 삶 사이의 투쟁을 그리는 대표적인 예다. 『아무도 대령에게 편지하지 않다』에서 이러한 투쟁은 대령이 굶는 중에도 아들의 유산이자 정부 체제에 반대하는 사람들의 의지의 상징인 싸움닭을 팔지 않겠다고 거부하는 장면에서 극대화된다.

「각각의 참전 용사들, 고독의 문제」에서 가르시아 마르케스는 '참전 용사들'이란 말은 실제로 전선에 있었던 사람, 단순히 한국에 있었던 사람, 전쟁에서 부상당한 사람과 사망한 사람, 그리고 그 가족을 일컫는 말로 확장된다고 지적한다. 또한 이런 사람들을 모두 정신 이상자로 간주하는 것이 얼마나 과학적 근거가 없는 주장인지 보여 준다. 모든 참전 용사들이 사회에 적응할 수 없으며 성격과 건강에도 문제가 있다는 사회에 팽배한 주장이 얼마나 불합리하고 부당한지를 고발하는 것이다. 이런 내용은 내란에 참가한 작중 인물인 대령이 왜 마을 사람들로부터 고립되어 사는지 설명해 준다. 이러한 참전 용사들의 이미지는 나중에 『백년의 고독』에서 아우렐리아노 부엔디아 대령과 아우렐리아노라는 이름을 가진 작중 인물들이 세상과 결별하고 고독 속에 침잠하는 것으로 발전한다.

가르시아 마르케스도 2002년 출간된 자서전에서 이 일련의 기사와 작품의 관계를 은연중에 밝힌다. "(참전 용사들은) 귀국하기 전만 해도 [……] 특별 장학금을 받게 될 거라는 둥, 평생 먹고살 연금을 받게 될 거라는 둥, 미국에서 살 수 있는 편의를 제공받게 될 거라는 둥 다양한 기사들이 신문에 실렸다. 하지만 현실은 그 반대였다[……]. 그 국가적 드라마로 인해 나는 역전의 용사들에게 지급되기로 한 연금을 한없이 기다리던 외할아버지 마르케스 대령을 떠올리지 않을 수 없었다. 나는 그런 인색한 정책이 헤게모니를 잡고 있던 보수파에 대항하는 피비린내 나는 전쟁에 참여한 반란군 대령에 대한 보복이라고 생각하기에 이르렀다."

9. 『아무도 대령에게 편지하지 않다』: 참전 용사 문제의 소설적 형상화

『아무도 대령에게 편지하지 않다』에서 가르시아 마르케스는 한국 전쟁에서 죽은 병사들을 대상으로 서술을 전개하지 않고 콜롬비아에 돌아와 처절한 삶을 살아야 했던 참전 용사들의 현실을 카뮈의 소설 『페스트』와 접목시킨다. 이것은 정부에 맞서는 사람들의 끝없는 저항과 굳은 희망, 삶에의 집착과 패배를 인정하지 않으려는 의지 등을 중심으로 전개된다. 『아무도 대령에게 편지하지 않다』에서 지배 요소로 등장하는 '싸움닭'은 상징적으로 이러한 모든 요소를 포함한다.

따라서 한국 전쟁에 관한 그리 길지 않은 기사는 가르시아 마르케스가 후에 본격적으로 다룰 소설 주제를 예언한다고 말할 수 있다. 「한국에서 현실로」는 나중에 본격화될 모든 사회 비판적인 기사와 소설 세계를 예시한다. 「한국에서 현실로」는 가르시아 마르케스가 『아무도 대령에게 편지하지 않다』를 기점으로 새로운 소설 창작 단계로 나아가는 데 중추적인 역할을 했음이 분명하다. 가르시아 마르케스는 콜롬비아 참전 용사들의 비참한 상황을 콜롬비아 내전(1899~1902)과 '콜롬비아 폭력 사태'의 사회적, 정치적 상황을 간접적으로 소설 속에 흡수하는 과정에서 자신의 작품 세계를 결정짓는 여러 요인과 주제를 등장시킨다. 이 주제는 연금과 싸움닭으로 상징되는 명예와 '똥'을 바탕으로 전개되는 대령의 이상과 현실 사이의 투쟁으로 나타난다.

한국전 참전 용사들이 들은 연금에 관한 '근거 없는' 소문은 이 소설에서 대령이 매주 금요일 연금에 관한 편지를 기다리는 내용과 밀접한 연관이 있다. 십오 년이나 편지를 기다리고 있으며, 이 기다림은 대령의 생애에 아주 중요한 역할을 한다. 그는 정부의 연금 약속이 거짓인 줄 알면서도 굴복하지 않고 꿋꿋이 편지를 기다린다. 이런 그의 삶은 기나긴 기다림으로 점철되어 있다. 『아무도 대령에게 편지하지 않다』에서 이러한 사건, 즉 전쟁에서 살아남은 늙은 참전 용사들의 비극과 정부가 약속한 오지 않는 연금을 기다리면서 살아가는 그들의 모습은 후에 『백년의 고독』에서 더욱 명확히 설명된다. "보다 품위 있는 다른 역전의 노병들은 굶주림으로 죽어 가고, 분노 속에서 살아남고, 영광이라는 허울 속에서 늙어 썩어 가면서도 정부가 베푸는 자비의 희미한 불빛을 기대하며 편지 한 통을 여태까지 기다리고 있었다."

『아무도 대령에게 편지하지 않다』에서 대령은 십오 년 동안이나 편지를 기다리던 끝에 먹고사는 일이 눈앞의 문제로 다가오자 거실에 있는 시계를 40페소에 저당 잡히려고 생각한다. 하지만 마침내 저당 잡히기도 어려워지자 싸움닭을 팔려고 한다. 처음에 사바스 씨는 싸움닭을 팔기 위한 동기를 제공하기 위해 900페소라는 매우 높은 가격을 제안한다. 그러다 대령이 정작 팔려고 결심하자 싸움닭이 400페소밖에 나가지 않는다며 가격을 후려친다. 그리고 60페소를 선지급하고, 나머지 돈은 최종 결정이 날 때까지 연기하려 한다. 믿기 힘들 정도까지 가격을 깎으려는 속임수와 농락은 전당포 사람들의 일반적인 술수이며 타락한 사회의 상징이고, 이는 대령의 순진성과 반대되는 요소로 그려진다. 대령의 순진성은 현실을 모르는 참전 용사들의 순진한 이미지와 일치한다.

대령의 아내는 싸움닭을 "값비싼 환상"으로 여기지만 작품이 진행됨에 따라 마을에서 정치적 저항의 상징이 됨과 동시에 한국 전쟁에 참여한 참전 용사들의 훈장과 마찬가지로 대령의 마지막 남은 불굴의 의지와 이상을 나타낸다. 이와 같은 상징을 통해 가르시아 마르케스는 정치적 입씨름만 일삼는 소설가들과 달리 이 소설을 역동적인 사회 콘텍스트 내에 위치시키면서 뛰어난 창작 능력을 한껏 발휘한다. 하지만 사회 상황은 소설 속에서 명시적으로 드러나는 것이 아니라 끝까지 아주 잠재적으로 형상화되면서 소설 외적인 사회 상황이 중심 주제로 다루어지고 부각되는 종래의 고발 문학적 폭력 소설의 성격을 완전히 탈피한다. 또한 부차적인 주제로 통행 금지, 계엄 상태, 비밀결사 조직, 정치 탄압(사바스 씨만이 자유 당 지도자 중 유일하게 정치 박해로부터 도망쳐 그 마을에 살고 있는 사람임), 대령과 함께 전쟁에 참여한 옛 동지들의 소외를 다룬 다. 이 중에도 참전 용사들의 소외는 암묵적으로 그들을 저주 하는 강압적인 체제하에서 아무것도 모른 채 배를 곯다 죽어 야 하는 사람들의 몫이다.

"피곤해요." 아내가 말했다. "남자들은 집안에 무슨 문제가 있는지 알지 못해요. 나는 몇 번이나 냄비에 돌덩이를 넣고 끓 였어요. 이웃 사람들이 우리가 오랫동안 냄비에 넣을 것이 없었 다는 사실을 모르게 하기 위해서요."

대령은 몹시 기분이 상했다

"그거야말로 진정한 치욕이오." 대령이 말했다. [……]

"체면이 밥 먹여 주는 게 아니라는 사실을 당신은 깨달아야 해요."

현실과 이상 사이의 이러한 갈등은 '똥'이라는 말로 매듭 지어진다. 소설 마지막 장면에서 싸움닭을 팔지 않으려고 끈 질기게 반대하는 대령에게 아내는 "그동안 우리는 무엇을 먹 죠." 하고 묻는다. 이 질문은 바로 대령의 존엄성과 현실의 괴 리를 구성하는 핵심 요소다. 이 질문에 대령은 과감하게 '똥'

이라고 대답한다.

대령은 이 순간에 이르는 데 칠십오 년이란 세월이, 그가 살아온 칠십오 년의 일각일각이 필요했다. 대답하는 순간 자기 자신이 더럽혀지지 않았고 솔직하며 무적이라고 느꼈다.

"똥."

이 대답은 화자에 의해 아주 잘 계산되고 준비된 듯한 인상을 준다. 그리하여 우연이 아니라 이 소설의 목적을 요약하고 결론짓는 말이 된다. 먹고사는 문제가 중심인물들의 기본적인 강박 관념인 것과 마찬가지로 똥은 이 소설을 이해하는 데 매우 중요한 열쇠다. 이는 어느 한국 전쟁 참전 용사가 명예의 상징인 훈장을 저당 잡힌 것과 달리 대령은 기존의 타락한 사회를 '똥'이라고 규정하며 고독 속에서 명예를 지키겠다는 불굴의 의지를 보여 준다. 다시 말해 대령의 대답은 지난 과거의 고통과 불확실한 미래에 대한 관점에 쐐기를 박는 말이며, 가르시아 마르케스가 말하는 '인간애의 새로운 희망'을 제시하는 말이다. 이러한 대령의 존엄성은 『족장의 가을』에 나타나는 쇠똥과 새똥 사이에서 살아가며 똥의 즐거움을 만끽하는 족장의 이미지와 큰 차이가 있다.

작가 연보

1927년   3월 6일 콜롬비아의 카리브해 해안에서 약 80킬
로미터 떨어진 아라카타카에서 태어남. 아버지는
가브리엘 엘리히오 가르시아, 어머니는 루이사 산
티아가 마르케스 이과란임.

1928년   9월 8일 동생 루이스 엔리케가 태어남. 외할아버
지 니콜라스 마르케스 대령이 참여한 바나나 농장
파업이 시에나가에서 일어남.

1929년   부모가 가르시아 마르케스를 외할아버지 집에 맡
긴 후 남동생만 데리고 바랑키야로 이사함. 11월
9일 여동생 마르곳이 태어남.

1930년   11월 17일 여동생 아이다 로사가 태어남. 흙 먹는
버릇 때문에 마르곳도 아라카타카의 외할아버지
집으로 와서 성장함.

1932년	아내가 될 메르세데스 라켈 바르차가 태어남.
1933년	로사 엘레나 페르구손이 아라카타카에 '마리아 몬테소리' 학교를 세움.
1934년	부모가 바랑키야를 떠나 아라카타카로 옴. 여동생 리히아가 태어남.
1936년	부모가 수크레 지방의 신세로 이사함. 마리아 몬테소리 초등학교 1학년을 마치고 수크레 지방의 공립 학교 2학년으로 전학함.
1937년	3월 4일 외할아버지가 세상을 떠남.
1940년	바랑키야로 돌아와 예수회가 세운 '산호세' 중고등학교에서 공부하기 시작함. 콜롬비아 시인들과 스페인 황금시대의 고전 작가들, 그림 형제와 알렉산더 뒤마의 작품을 읽음. 교지《청춘》에 시를 발표함.
1943년	국가 장학금을 받고 보고타 근교의 시파키라 국립 중고등학교에 기숙 학생으로 입학함.
1946년	고등학교를 졸업함.
1947년	콜롬비아 국립 대학 법학과에 입학함. 카프카의 『변신』을 처음 읽음. 보고타의 일간지《엘 에스펙타도르(El Espectador)》에 첫 번째 단편 소설「세 번째 체념」을 게재함.
1948년	4월 9일 가르시아 마르케스의 하숙집 근처에서 자유당 지도자 호르헤 엘리에세르 가이탄이 암살됨. '보고타 사태(Bogotazo)'라고 알려진 폭력 사태

가 발생함. 국립 대학이 휴교하자 가르시아 마르
케스는 카르타헤나로 옮기고, 신생 일간지《엘 우
니베르살(El Universal)》에 칼럼을 씀.

1950년　　바랑키야로 옮겨《엘 에랄도(El Heraldo)》에 '셉티
무스(Septimus)'라는 필명으로 칼럼을 씀. 바랑키
야 그룹에 참여함. 포크너, 조이스, 헤밍웨이의 작
품을 읽음. 첫 번째 소설『썩은 잎(La hojarasca)』을
쓰기 시작함.

1952년　　어머니와 함께 외조부모의 집을 팔기 위해 아라
카타카를 방문함. 아르헨티나의 로사다 출판사가
"소설가로서 미래가 없음"이라는 평과 함께『썩
은 잎』출간을 거부함.

1954년　　보고타로 돌아와《엘 에스펙타도르》기자로 일함.

1955년　　루이스 알레한드로 벨라스코의 이야기를 14회에
걸쳐 연재함. 이 기사들은 후에『표류자의 이야기
(Relato de un naufragio)』로 출간. 기사로 인해 콜롬
비아 정부가 그를 위협하자《엘 에스펙타도르》가
제네바로 파견하고, 이후 로마로 옮겨 영화 실험
센터에서 공부함. 후에 폴란드와 헝가리를 여행하
고 파리에 정착함.《엘 에스펙타도르》의 폐간으로
경제적 어려움을 겪자 파리의 바에서 가수로 잠시
일함.『썩은 잎』출간.

1956년　　경제적으로 매우 어려웠지만 파리에 남아서『아
무도 대령에게 편지하지 않다(El coronel no tiene

quien le escriba)』를 집필하기 시작함.

1957년   『아무도 대령에게 편지하지 않다』를 탈고함.「철
         의 장막에서 보낸 90일」을 씀. 모스크바의 붉은
         광장에 있는 스탈린 무덤 앞에서『족장의 가을(El
         otoño del patriarca)』을 쓰겠다고 생각함. 베네수엘
         라의 독재자 마르코스 페레스 히메네스의 마지막
         기간에 카라카스에 도착하고, 이후 독재자에 관한
         여러 기사를 씀.

1958년   바랑키야로 가서 메르세데스 바르차와 결혼함. 문
         학지《미토(Mito)》에『아무도 대령에게 편지하지
         않다』를 발표함.

1959년   1월 1일 쿠바 혁명 정부가 들어서고 십칠 일 후 가
         브리엘 가르시아는 쿠바 정부의 초청을 받음. 피
         델 카스트로와 의미 있는 관계가 시작됨. 쿠바 혁
         명 정부가 창설한 '라틴 통신(Prensa Latina)'의 통
         신원으로 보고타에 돌아옴. 시사 주간지《크로모
         스(Cromos)》에「철의 장막에서 보낸 90일」이 7월
         부터 9월까지 연재됨. 8월 24일 첫째 아들 로드리
         고가 태어남.

1960년   '라틴 통신'에서 일하며 육 개월간 쿠바의 아바나
         에 체류함.

1961년   라틴 통신의 통신원 자격으로 뉴욕을 여행함. 5
         월 미국과 쿠바의 정치 압력으로 통신원을 사임
         함. 윌리엄 포크너가 불멸의 지역으로 만든 미국

남부를 여행함. 6월에 멕시코로 옮겨 거의 무명에 가까운 잡지(《수세소스(Sucesos)》,《라 파밀리아(La Familia)》)와 광고 회사에서 일함. 콜롬비아의 메데인에서 『아무도 대령에게 편지하지 않다』 출간. 미발표 원고 『불행한 시간(La mala hora)』으로 에소 문학상(ESSO)을 타고 상금 3000달러를 받음. 『족장의 가을』 초고를 쓰지만 만족하지 않음.

1962년 마드리드에서 『불행한 시간』이 출간되지만 가르시아 마르케스는 이 판본을 '해적판'이라고 규정하면서 인정하지 않음. 멕시코에서 단편집 『마마 그란데의 장례식(Los funerales de Mamá Grande)』 출간. 4월 16일 둘째 아들 곤살로가 태어남.

1963년 카를로스 푸엔테스와 함께 후안 룰포의 단편에 바탕을 둔 시나리오 「황금 닭(El gallo de oro)」을 씀.

1964년 가르시아 마르케스가 쓴 시나리오 『죽음의 시간 (Tiempo de morir)』이 아르투로 립스테인에 의해 영화로 제작되어 개봉됨.

1965년 1월 다시 문학에 전념하기로 결심하고, 멕시코 소설가 후안 룰포와 깊은 우정을 나눔. 단편 「이 마을에도 도둑이 없다」가 영화로 각색됨. 아카풀코로 가는 중 예전에 작업하다가 그만둔 '집'을 계속 쓰기로 결심하고, 그 결과물이 『백년의 고독(Cien años de soledad)』으로 출간.

1966년 『백년의 고독』 일부가 잡지 《에코(Eco)》(보고타),

《아마루(Amaru)》(리마),《문도 누에보(Mundo Nuevo)》(파리)에 게재됨.

1967년   6월 부에노스아이레스의 수다메리카나 출판사에서 『백년의 고독』 출간. 7월 카라카스에서 개최된 제12회 라틴 아메리카 국제 문학 회의와 마리오 바르가스 요사의 '로물로 가예고스' 국제 문학상 시상식에 참석함. 10월 가족과 함께 바르셀로나로 이사해 1975년까지 머무름.

1970년   1955년《엘 에스펙타도르》에 연재한 기사가 『표류자의 이야기』로 바르셀로나에서 출간. 콜롬비아 외무성 장관인 알폰소 로페스 미켈센에게 바르셀로나 영사 자리를 제안받지만 공개적으로 거절함.

1971년   미국 컬럼비아 대학교에서 명예박사를 수여함. '파디야 사건'으로 대부분의 라틴 아메리카 지식인들이 쿠바 혁명을 비판하지만 그는 쿠바 혁명과 카스트로를 지지함.

1972년   로물로 가예고스 국제 문학상을 수상하고, 그 상금을 베네수엘라 혁명 단체인 MAS(사회주의운동)와 '정치범 연대 회의'에 기부함. 단편집 『순박한 에렌디라와 포악한 할머니의 믿을 수 없이 슬픈 이야기(La increíble y triste historia de la cándida Eréndira y su abuela desalmada)』가 부에노스아이레스, 바르셀로나, 멕시코, 카라카스에서 동시 출간.

1974년   1947년부터 1955년 사이에 쓴 단편들을 모은 『파

란 개의 눈(Ojos de perro azul)』이 바르셀로나와 부
에노스아이레스에서 출간. 보고타에서 정치 시사
주간지《라 알테르나티바(La Alternativa)》를 창간
함. 인권 보호 기관인 '버트런드 러셀 위원회'가
그를 부의장으로 임명함.

1975년   바르셀로나를 떠나 멕시코시티에 정착함.『족장
의 가을』이 바르셀로나, 보고타, 부에노스아이레
스에서 동시 출간. 칠레의 아우구스토 피노체트
독재 정권이 무너지지 않는 한 더 이상 소설을 쓰
지 않겠다고 밝힘.

1976년   쿠바의 일상생활에 관한 책을 준비하면서 쿠바 정
부가 군사 개입한 앙골라에 관한 기사들을 씀. 보
고타에서 그의 신문 기사를 모은『연대기와 리포
트(Crónicas y reportajes)』출간. 바르가스 요사와
개인적, 정치적 이유로 단교함.

1977년   쿠바와 앙골라에 관한 기사 모음집『카를로타 작
전(Operación Carlota)』이 리마에서 출간.『불행한
시간』이 텔레비전 드라마로 각색되어 콜롬비아에
서 상영되며 커다란 논쟁을 일으킴. 파나마 대통
령 오마르 토리호스의 초청을 받아 파나마 운하
이양을 위한 파나마-미국 협정 조약에 참석함.

1978년   1959년 보고타에서 간행되는 잡지《크로모스》에
게재되었던 동유럽 취재 기사가『사회주의 국가
여행(De viaje por los países socialistas)』으로 출간.

1980년	사회주의 성향의 잡지 《라 알테르나티바》가 경제적 이유로 폐간됨. 콜롬비아로 돌아와 《엘 에스펙타도르》에 매주 칼럼을 씀. 이십구 년 전 수크레 지방에서 벌어진 살인 사건을 바탕으로 『예고된 죽음의 연대기(Crónica de una muerte anunciada)』를 작업하기 시작함.
1981년	프랑스 정부로부터 레지옹 도뇌르 훈장을 받고 프랑수아 미테랑 대통령 취임식에 참석함. 3월 '4월 19일 운동(M-19)' 게릴라 단체와 연관되었다는 비난을 받은 후 콜롬비아 정부군이 체포하려는 움직임을 보인다는 소식을 듣자 보고타 주재 멕시코 대사관에 망명을 요청하고 멕시코에 정착함. 『예고된 죽음의 연대기』가 바르셀로나와 부에노스아이레스, 보고타, 멕시코에서 동시 출간. 네 권으로 구성된 기사 모음집 출간.
1982년	10월 노벨 문학상 수상자로 결정되고, 12월 외할아버지를 기리는 의미로 카리브해 전통 의상인 리키리키를 입고 수상식장에 참석함. 멕시코 정부가 '아스테카 독수리' 훈장을 수여함. 플리니오 아풀레요 멘도사와의 대담집 『구아바의 향기(El olor de la guayaba)』 출간.
1983년	벨리사리오 베탕쿠르 콜롬비아 대통령이 안전을 절대적으로 보장하겠다고 약속하자 콜롬비아로 돌아와 부모가 살던 카르타헤나에 머무름.

1985년	1월 니카라과를 여행함. '라틴 아메리카 신영화 재단' 이사장으로 임명됨.『콜레라 시대의 사랑(El amor en los tiempos del cólera)』출간.
1987년	이탈리아 영화감독 프란체스코 로시가 「예고된 죽음의 연대기」를 촬영하기 시작함. 유일한 희곡 「착석한 사람에 대한 사랑의 장광설(Diatriba de amor contra un hombre sentado)」을 마무리함. 모스크바로 여행하며 미하일 고르바초프를 만남.
1988년	6부작 텔레비전 시리즈 「힘든 사랑(Amores difíciles)」의 촬영이 시작됨. 아바나에 있는 라틴 아메리카 신영화 재단을 경제적으로 후원함.
1989년	라틴 아메리카의 '해방자'라고 불리는 시몬 볼리바르의 마지막 생애를 다룬『미로에 빠진 장군(El general en su laberinto)』출간.
1990년	라틴 아메리카 영화제에 참석하기 위해 일본으로 여행하고,『족장의 가을』을 영화로 제작하고자 하던 구로사와 아키라와 도쿄에서 만남. 콜롬비아 제헌 의원 후보를 제안받지만 거절함.
1991년	1980년부터 1984년까지 쓴 기사를 모은『언론 기사들(Notas de prensa)』출간.
1992년	5월 폐에서 종양을 제거함. 유럽에 체류하는 라틴 아메리카 사람들의 경험을 다룬 단편집『열두 편의 방황 이야기(Doce cuentos peregrinos)』출간.
1993년	보고타의 카로 이 쿠에르보 연구소 명예 연구원으

로 임명되고, 산토도밍고 자치 대학에서 명예박사를 받음.

1994년	7월 '라틴 아메리카 언론 재단'을 창설함. 스페인 카디스 대학에서 명예박사를 받음. 소설『사랑과 다른 악마들(Del amor y otros demonios)』출간.
1995년	1948년부터 1949년 중반까지《엘 우니베르살》에 게재한 신문 기사를 모은『물망초 한 송이(Un ramo de nomeolvides)』출간.
1996년	파블로 에스코바르가 자행한 납치 사건을 다룬『납치 일기(Noticia de un secuestro)』출간. 가르시아 마르케스가 시나리오를 쓴 영화「시장 오이디푸스(El Edipo alcalde)」개봉.
1997년	미국 대통령 빌 클린턴과 사석에서 만남. 기록 영화「가르시아 마르케스의 카르타헤나」제작.
1998년	3월 자서전『이야기하기 위해 살다(Vivir para contarla)』의 첫 장을 멕시코시티에서 출간.《타임스(Times)》가 20세기의 위대한 인물들 중 한 명으로 선정.
1999년	시사 주간지《캄비오(Cambio)》인수. 6월 보고타의 병원에 입원하고, 9월 림프암 진단을 받음. 아르투로 립스테인이 제작한 영화「아무도 대령에게 편지하지 않다」개봉.
2000년	11월 25일 멕시코의 과달라하라 도서전 개막식에 참석함.

2002년	10월 자서전 1권인『이야기하기 위해 살다』출간. 어머니 루이사 산티아가 이과란이 카르타헤나의 집에서 세상을 떠남.
2003년	마리오 바르가스 요사가 그를 피델 카스트로 체제의 신하라고 비난함.
2004년	마지막 소설『내 슬픈 창녀들의 추억(Memoria de mis putas tristes)』출간. 이란에서 이 소설이 판매 금지되고, 멕시코의 어느 비정부 기구(NGO)는 아동 매춘을 찬양했다는 이유로 작가를 고발하겠다고 위협함.
2006년	영화「콜레라 시대의 사랑」촬영이 시작됨. 아라카타카 읍장이 아라카타카를 마콘도로 개명하자고 제안함.
2007년	스페인 왕립 언어 학술원과 스페인어 아카데미 연합이『백년의 고독』기념판을 제작하여 배포. 가르시아 마르케스는 그를 기리기 위해 열린 제4차 스페인어 국제 총회 개막식에 참석한 후 노란 기차를 타고 고향 아라카타카를 마지막으로 방문함.
2009년	십칠 년 동안 작업한 끝에 영국인이자 라틴 아메리카 전공자인 제럴드 마틴이 가르시아 마르케스의 공식 전기『가르시아 마르케스』출간.
2010년	아라카타카에서 가르시아 마르케스가 태어나고 살던 외조부모의 집이 박물관으로 개관함.
2012년	가르시아 마르케스가 노인성 치매를 앓는 중이라

고 동생 하이메가 밝힘.

2014년   여든일곱 살 생일을 지내고 며칠 후 병원에 입원
함. 4월 17일 멕시코시티에서 세상을 떠남.

세계문학전집 358

아무도 대령에게 편지하지 않다

1판 1쇄 펴냄 2018년 11월 12일
1판 6쇄 펴냄 2024년 7월 8일

지은이 가브리엘 가르시아 마르케스
옮긴이 송병선
발행인 박근섭, 박상준
펴낸곳 (주)민음사

출판등록 1966. 5. 19. (제 16-490호)
서울특별시 강남구 도산대로1길 62(신사동) 강남출판문화센터 5층 (우편번호 06027)
대표전화 02-515-2000 팩시밀리 02-515-2007
www.minumsa.com

ISBN 978-89-374-6358-7
ISBN 978-89-374-6000-5 (세트)

* 잘못 만들어진 책은 구입처에서 교환해 드립니다.

민음사 세계문학전집

세계문학전집 목록

세계문학전집은 계속 간행됩니다.